读客®图书

原来如此的对谈

[日]河合隼雄 吉本芭娜娜 著　余梦娇 译

なるほどの対話
河合隼雄 吉本ばなな

图书在版编目（CIP）数据

原来如此的对谈 /（日）河合隼雄,（日）吉本芭娜娜著；余梦娇译. -- 北京：北京联合出版公司, 2018.8
ISBN 978-7-5596-1983-9

Ⅰ.①原… Ⅱ.①河…②吉…③余… Ⅲ.①随笔—作品集—日本—现代 Ⅳ.①I313.65

中国版本图书馆CIP数据核字(2018)第075275号

Naruhodo no Taiwa (Kawai Hayao Shi tono Taidan) by Banana Yoshimoto, Hayao Kawai
Copyright © 2002 by Banana Yoshimoto and Kayoko Kawai
All rights reserved.
Originally published in Japan by NHK Publishing, Inc. in 2002
Republished in Japan by SHINCHOSHA Publishing Co., Ltd., in 2005
Simplified Chinese translation rights arranged with Banana Yoshimoto through ZIPANGO, S.L., and SHINCHOSHA Publishing Co., Ltd., Tokyo in care of Tuttle-Mori Agency, Inc., Tokyo and Beijing GW Culture Communications Co., Ltd., Beijing.

中文版权 © 2018 读客文化股份有限公司
经授权，读客文化股份有限公司拥有本书的中文（简体）版权
著作版权合同登记号：01-2018-2444

原来如此的对谈

作者：[日]河合隼雄　吉本芭娜娜
译者：余梦娇
责任编辑：牛炜征
选题策划：读客文化　021-33608311
特邀编辑：季易达　叶启秀
封面设计：苏哲　刘倩
版式设计：黄巧玲
责任校对：绳刚　曹振民

北京联合出版公司出版
（北京西城区德外大街83号楼9层　100088）
三河市吉祥印务有限公司印刷　新华书店经销
字数134千字　890毫米×1270毫米　1/32　7.25印张
2018年8月第1版　2018年8月第1次印刷
ISBN 978-7-5596-1983-9
定价：38.00元

如有印刷、装订质量问题，
请致电010-87681002（免费更换，邮寄到付）

目 录

一、青年、羁绊与今日日本 / 1

童年 / 4

家庭 / 13

年轻人的感性 / 20

认真与深刻 / 27

土地的力量 / 32

复杂的衰老问题 / 37

无法放任不管的社会 / 40

关西人与江户人 / 45

语言与优雅 / 48

羁绊 / 58

作家的位置 / 63

世俗的压力 / 67

决心 / 75

创造力 / 79

生于这个时代 / 84

二、往来书信"请回答我的问题" / 89

三、工作、时代、未来 / 105

生而为人 / 107

家庭问题再探讨 / 112

心灵治疗的可怕之处 / 120

无法成为大人 / 124

"自我实现"的误判 / 128

英语、日语、其他语言 / 132

偶然性与生存 / 141

在流逝之中 / 149

入门的技巧 / 154

长笛授课 / 166

原来如此的对话 / 176

小说拥有的力量 / 185

只能如此 / 193

没有终点的道路 / 202

对谈结束之后 / 211

河合隼雄：被纯粹性所吸引 / 213

吉本芭娜娜：一生的宝藏 / 216

文库本后记 / 221

一、青年、羁绊与今日日本

吉本：虽说是来做对谈的，但我其实什么都没准备。本来想读了河合老师的书，然后去心理咨询现场体验一下，但又觉得那只不过是半吊子的准备而已，就放弃了；放弃了以后该怎么办自己也没头绪。虽然一旦习惯了对谈这种方式，花时间就能说够需要的字数，可毕竟是要集结成书，我会用尽全力不说假话的。

河合：我可是用尽全力在说假话。

吉本：那不是正好！

河合：对！正好。

童年

河合：我想先聊聊吉本小姐的童年。有什么关于童年的记忆吗?小时候是什么样的?

吉本：我的记忆开始得很早，最早应该是三岁时的某一天，记得特别清楚，我跟爸爸在邻居家门口逗他们家的鸭子玩。

河合：三岁就开始记事确实很少见。

吉本：而且居然是关于鸭子的，这也很少见吧?

河合：那之后呢?

吉本：之后就是幼儿园了吧。从那时候开始我就是个很野的住在平民区的小孩。我出生在东京的平民街——文京区的千代木，真的特别野。整天踩着竹马[1]。虽然踩竹马本身没什么稀奇，但以现在的眼光看还是挺难得的回忆。到最后，我都能踩上比我本人还高的竹马了，大家都像忍者一样在屋檐上跳来跳去，而且父母和周围的大人们居然也不阻止我们。我有时候甚至觉得那简直像做梦，但确实不是梦。

河合：好有趣。

---

1 日本小孩的一种玩具，类似于高跷。（译者注，下同）

吉本：确实很有趣。明明是东京却像是山里一样。

河合：明明吉本小姐的父母都是那样的人，却……

吉本：估计他们觉得反正其他小孩也都在玩儿，所以无所谓吧。

河合：跟我小时候挺像的，小孩有他们自己的世界，父母其实没法介入。我们有自己的"孩子头"。

吉本：对对对。

河合：（笑）

吉本：总之我完全是野生放养状态，乱骑自行车啦，闯入废屋啦，在地上挖洞啦，之类的。

河合：刚才"野"字被提了好多次。现在的小孩最缺的就是野性了吧，这种缺少野性的童年非常可惜。

吉本：其实如果让我现在去回想当时，自己有很多次都差点没命。我和姐姐很随意地玩耍的时候，其实一不小心就会没命，每天都在那种现在想想就会脊背发冷的状态下撒欢。

河合：现在的孩子真的很可怜，无法体会。

吉本：是啊。手上带着伤玩泥巴，这种事现在绝对不会有。

河合：无法想象。

吉本：真的很不一样啊。虽然如果别人问"那时候真就那么好吗"？我会觉得其实也没那么好，但直到现在遇到要做决定的时候，我都会回想起当时在屋檐上跳来跳去的心情，那种"根本没空考虑什么平衡不平衡"的心情。说是习惯了也行吧，总之这样想恐惧感会减少。感觉可能会出事故的时候就会这么想。

河合：那你学习怎么样？

吉本：我学习其实特别厉害。没有怎么努力但就是很好，当时觉得"我真是太聪明了"。但是从小学四年级开始，突然变差了，一直延续到现在。

河合：为什么突然变差了？

吉本：可能不努力自然会变差吧。

河合：那父母怎么说？

吉本：特别失望。因为他们原本希望我进那种大小姐的学校，然后顺利考上一流大学的。

河合：那当时没有努力提高成绩去考好学校吗？

吉本：完全没想过。

河合：这样啊。

吉本：我那时候就已经决定要当作家了，所以觉得"为什么要学数学啊"。从那时候开始就一直这样，觉得没学真是太好了。

河合：从那时候就决定要当作家？

吉本：是的。

河合：是受父亲的影响吗？

吉本：倒和父亲没有什么关系。我们几个懂事以后，姐姐特别擅长画画,说以后要当漫画家。我就想既然姐姐要当漫画家,那我就当作家吧。也不知道为什么就自然地决定了,但当时确实没有半点犹豫。

河合:这样啊。那个时候就已经开始写故事了?

吉本:最早开始写应该是小学三年级。

河合:这么早!有给谁看过吗?

吉本:给当时的朋友看了。因为是恐怖故事,对方一个劲儿说"好恐怖"。

河合:鬼故事之类的吗?

吉本:要说是鬼故事吧,倒更接近悬疑推理、离奇失踪什么的。不过好像鬼也稍微写到一些。跟现在的风格挺接近的。

河合:青春期的时候呢?

吉本:到初中为止过的都是很野的平民区生活吧。姐姐也很野,所以整个人都很自由,直到初中三年级都感觉每天没有任何事情做,无聊又开心。但是高中完全是另一个状态,我到最后也没能适应高中的制度。虽然算是长大了,但又没法做自己喜欢的事情,像是一种不彻底的自立状态,不论怎样我都没法认同这种状态。自己心里适应不了,高中时期特别黑暗。整天在睡觉,自己都觉得除了睡觉什么都不会。

河合:睡到哪种程度?

吉本:非常夸张,就算去了学校也一直在睡。我成了作家以后,有人去采访当时的高中老师"吉本高中时候是什么样的",结果老师说"我只对吉本的这里（指着头顶）有印象"。（笑）我也不知道怎么就那么困。

河合：那些逃学的学生里也有特别嗜睡的。说是什么"发作性睡眠症"[1]，其实那是医生的误诊。有个孩子历史课的时候睡着了，接下来上课的老师进来问"你什么时候开始睡的"，他居然回答"镰仓时代[2]吧"。（笑）睡得昏天黑地的小子到我这里来，好好地疏导之后也会慢慢好起来，只是一时被当成病了。所以这种情况我特别了解。吉本也是从早到晚一直在睡吧。

吉本：对啊。从学校回来的时候好不容易清醒了，但一回来立马又睡。一直睡到吃晚饭，到了晚上还能睡着。

河合：这种状态一直持续到什么时候？

吉本：整个高中三年。

河合：那真是"三年寝太郎[3]"啊。我特别喜欢"三年寝太郎"的故事，民间故事，听过吗？

吉本：嗯，结局很好。

1　一种不正常的睡眠。白天无法抑制困意，夜晚却不能入睡。据分析，病因是脑干网状体的醒睡调节机能出现障碍。
2　日本的历史分期之一，1192—1333年。
3　日本的民间故事。一个名叫"寝太郎"的男子连续三年都在睡觉，有一天却突然起来疏通河道，灌溉村庄，解救了旱情。原来三年来他只是在思考如何在干旱时解救村庄。

河合：我觉得这种事很常见。有人就是会先睡三年以后再开始努力，没什么好担心的。

吉本：我现在也这么认为。

河合：我也问过那些睡了三年然后开始努力的孩子"感觉怎么样"。对方竟然说"因为已经睡够了，这以后估计都不用睡了"。吉本小姐后来怎么样了？

吉本：我好像继续睡来着。

河合：果然搞创作的人不睡觉不行啊。

吉本：这个嘛，怎么说呢，但也不是我一个人这样吧。

河合：外界发生的事情和吉本小姐心里想的事情没有什么关联，所以这恐怕不是你在拒绝与外界发生联系，而是你自己也没有办法。

吉本：嗯。

河合：我经常说"蛹化的年代"，确实是这样，在内部发生着重大的变化。以前有个当了暴走族、性格非常暴躁的小孩也是一样的情况。自己也不知道自己为什么那么暴躁，说"事后想起来也觉得自己怎么会做出那样的事情"。不过，睡成你这样还是太少见了。

吉本：我像是什么都不记得一样，其实很可怕。

河合：那个成了暴走族的孩子也说不记得自己做了什么。

吉本：我理解，非常理解。

河合：有很多人会去偷东西，却说"我的初中时代没有什么特别值得一提的事情"。当别人告诉他发生过什么时，他自己反而大吃一惊。怎么说呢，他们的记忆就像与别人都不同似的。

吉本：嗯，或许是这样。

河合：不过吉本小姐的父母虽然很担心却也包容了下来。如果轻率地去找医生反倒会出问题。当然遇到好的医生是好事，就怕被诊断成什么"发作性睡眠"。

吉本：这么看，他们确实给了我很多自由。

河合：不过听了我们的对话，可能很多人也能放心了。青春期真的让人捉摸不透。而差别就在于去守护它还是不守护它。抱着多余的担心非要去介入，反倒会把它的"蚕蛹"戳破。

吉本：我那时候的困意完全是不受自己控制的。如果非要我起来，我会非常痛苦。

河合：强制性的非要让你起来是会出问题的。上大学以后还那么困吗？

吉本：在大学里遇到了一个给我很大刺激的朋友。我觉得那是我"人生的导师"。那个朋友明明是个学生却在做生意，大学也是进进出出好几次，是个非常积极的人。这个人对我来说就像一片灰色中唯一的色彩。想着"原来还有这样的生活方式"，"啪"地睁开了眼睛。这种一下子捕捉到什么的感觉我自己也觉得不可思议。

河合：但是要想"啪"的一下抓住，不经过长时间的睡眠或许真的不行。一直睁着眼的人反倒很难去捕捉。长久沉睡的人却拥有敏锐的感官。

吉本：通过睡眠去恢复真的是一件非常奇妙的事情，好像去了很深邃的地方旅行。我睡觉前如果一个劲地想着自己困扰的事情，一遍遍问"怎么办"，早上醒来的时候真的就会知道答案。在梦里，语言自己浮出水面。

河合：嗯，不要觉得只要思考就会有答案。

吉本：在那些实在没有任何办法的最后关头……

河合：去睡觉就好。

吉本：这么说的人真的很多，所以睡觉确实拥有再生的力量。

河合：年轻的时候或许还不能理解。我会有必须要写稿子但又什么也写不出来的时候。一边想着不写不行，一边熬夜，结果反倒什么都写不出来。这时候还不如去睡一觉，起来的时候就写得出了。渐渐地就掌握这个秘诀了，现在一到紧要关头我反倒会睡觉。

吉本：紧要关头才一定要睡。（笑）

河合：我写稿子的时候如果困了倒头就睡，睡一会儿再起来继续写。断断续续地睡十分钟、十五分钟。相反，死撑着一小时反倒毫无进展。我工作的地方是榻榻米房间，榻榻米上放着矮桌，背后放着枕头。

吉本：真实用啊。

河合：以前其实放的是《广辞苑》，拿来当枕头用的。（笑）后来岩波书店出第四版《广辞苑》的时候请我写一个评论。我家孩子特别高兴,调侃说"爸爸你就写你每天都用嘛"。不过第四版如果能做薄一点……(笑)

吉本:"请做得更契合头部的角度,以前的有点厚。"(笑)

河合:因为孩子们都知道我的习惯,所以60岁生日的时候,就送了我一个红色的枕头。不是棉坎肩而是枕头。以前大学的时候有一些团体活动,有的教学会议得熬夜。什么效率都没有的熬夜,我就这样(头向后倒)睡了三个小时。(笑)

吉本:三个小时还挺长的啊,不算熬夜了。(笑)

河合:醒来以后说:"对不起,我好像睡了三个小时,但怎么聊的还是一样的话题,所以我应该没有睡吧……"

吉本:你也太犀利了吧。

河合:结果所有人都大笑起来。其实爱睡觉的人是很聪明的。我年轻的时候曾通宵打工,却从来没有因为写书熬过夜。因为晚上巡逻的话能领到五十日元,于是我就用这五十日元买了第一部随身听,所以内心还是很感激的。那时候还没上大学。我有为这种事熬过夜,却从来没有为了写书。

家庭

河合：令尊是思想家吉本隆明，听说吉本先生一直是在家里工作的。吉本小姐是在个性非常强的家庭里被培养出来的，那您的家人在日常生活中是什么样的呢？

吉本：每个人都很捉摸不透，但又是不同类型的捉摸不透，所以我小时候其实很苦恼。跟周围普通小伙伴的家庭相比，我家里绝对没有什么互相开玩笑、打闹的事情。所以非常苦恼。

河合：果然每个人都太有个性了，所以会起冲突吧。

吉本：我到现在都觉得没法跟他们关在一间屋子里。（笑）当然现在随着年龄增长，相处也融洽起来了，但当时因为太年轻了，精力充沛，所以姐妹俩经常吵架，跟父母也吵得很厉害。

河合：对吧。"冲突"的原因应该不是"你给我好好学习"这种事，完全是性格不合吧。

吉本：现在完全不记得为什么而吵，反正就是吵。把势均力敌的人关在一个房间里会立马打得不可开交，但为什么打其实不重要。

河合：能稍微具体说说吗？怎么吵来着，又怎么解决？

吉本：其实都是特别无聊的模式。比如爸爸会说"睡觉的时候把防雨窗[1]"关起来",但我讨厌早上醒来的时候房间里太暗,于是就说"防雨窗不关有什么关系",结果爸爸生了很大的气。而且他生气的理由简直强词夺理,说什么"你连防雨窗都不关,还能做成什么事"。接着妈妈就数落爸爸"防雨窗这种小事有什么好纠缠不清的"。姐姐则说"关了不就行了,关了比较好"。本来这种事情大家和和睦睦、各行其是就好,但在我家就是不行。会从个人生活习惯的问题,比如"如果早晨太阳不从窗户外透进来,我就起不来"的讨论发展到非常有深度的、关于宇宙和人生的话题。而且,一旦发展到这个程度,就真的谁都不肯退让了。现在的话,能轻松地回答"嗯,这就关",但小孩子都是很固执的,甚至会哭起来。

河合:哈哈。那最后怎么样了?

吉本:最后还是给关上了,但一个月以后又开着了,于是又起了冲突。就这样反反复复一直到我离开家,这个问题才解决。

河合:有想过离家出走吗?

吉本:有,当然有。一两周辗转在不同的朋友家。心里有事儿的时候就跑去朋友家,先斩后奏地打电话说不回去了,然后第二天也不回,第三天也不回,这种事经常有。就像是转换心情,休养身心。

河合:是啊。家里有那么强势的人,不出来透透气是不行的。

---

[1] 装在房屋玻璃门窗外的木板套窗。

吉本：小孩子心里就算知道这不是个糟糕的家庭，也需要偶尔地拉开一点距离。这点我觉得很重要。

河合：但是其实四个人都很重视自己的吧。

吉本：本来防雨窗开还是关这种事简直不值一提，如果感冒了就堂堂正正说一句"都是你的错吧"不就行了。但我爸好像就是对防雨窗有执念。（笑）

河合：我觉得这点很重要。就是在这个家里，就算显得很莫名其妙，也要有一项"绝对不允许"的事情，不然反倒很奇怪。

吉本：不是理性的东西。

河合：对，不是理性的东西，更像一种人生道理。虽然会跟小孩子起冲突，但就是要告诉他们"只要是自由就是对的"这种想法很幼稚。这样一来，自由是什么就变成了一个问题。讲道理就能获得自由吗？还是不离家出走就没办法？（笑）

吉本：其实他们一直在守护我。而且，如果没有这种属于人类的细微到极致的执拗，那反倒觉得很虚假、很恶心。

河合：不论你怎么睡都不管，开着防雨窗也不管，这是不行的。虽然纵容你高中三年睡成那样，但如果没有"不关防雨窗就杀了你"这种程度的冲突是不行的。

吉本：初中的时候我常会想："明明整天写着那么高深的书，却会纠结于防雨窗这种事情，到底是个什么样的父亲啊！"

河合：不，正因为这样才能写出高深的书。

吉本：嗯，现在我明白了。

河合：我是越听越佩服啊。除了防雨窗，令尊还教育你什么呢？

吉本：我对父亲的最初判断就是"一直待在家里工作"，这其实让我了解了作为自由职业者的生活模式，对我以后影响很大。一直待在家里的人，时间分配很难捉摸。其他小孩的父亲会上班下班，一天之中会有节奏起伏，但因为我父亲都是待在家里，相对地冲突也会变多。

河合：写作的时候是什么样的？

吉本：很随意。从来没说过"我要写东西，你们不要闹"这种话。小孩子都很调皮，会冲进房间里说"我饿了""给我一百日元"，这种时候父亲也没说过什么"现在爸爸为了养你们在努力工作"的话。现在想想也还是觉得很棒，很感动。

河合：这样啊。

吉本：有段时间母亲的哮喘病比较严重，父亲就为大家做饭。

河合：我觉得听了这些话更了解令尊了。令尊的生存和生活是与写作浑然一体的。

吉本：父亲做一下饭，写一下东西，然后做点别的，再写一会儿……从来不会对我们说"你们两个也是女孩子啊，过来帮忙"。

河合：这很重要。

吉本：我最感谢父亲的就是他从来不会说"女孩子就要这

样""女孩子就得那样"的话。这在别的家庭里是不可能的吧。但我的父母却一直坚定地践行这种教育原则。

河合：确实。

吉本：他们教给我最重要的事就是认准某一价值生存下去。所谓认准价值，不能是这个也行、那个也行。当你真的去实践的时候，会发现很难做到。

河合："只认准这个"的思维方式对于创作者或者作家是必不可少的。去做做饭也完全没什么，但一定会有一个不可动摇的东西。那个东西对令尊来说是非常重要的。我想在一般家庭里是看不到的。

吉本：但是起冲突的时候，那个部分就非常刺眼。

河合：就是说没有什么通融让步，不会因为你是女孩或小孩就向你妥协，双方都是作为独立的个体在对抗，所以对抗的方式也会非常激烈。

吉本：对啊。这也是我长大以后才领悟的。小时候从来不因为我是小孩或者女孩就让着我，觉得非常难过。那时候虽然还小，但整天像大人一样据理力争，从来不会像其他小孩一样嘴里喊着"爸爸"撒娇，也不会收到可爱的衣服。（笑）

河合：那确实很难熬。说起来双亲还是很严格的。跟同龄人相比可能有好的一面，但毕竟是有点难熬。

吉本：长大以后，大家都遇到了一些难熬的时期，但我那时却已经适应了，没出现什么问题，到了那个年纪当初的东西终于起了作用。所以被那样教育终究是件好事。

河合：是啊。已经好好地磨炼过一番了嘛。就是不知道他们两人在多大程度上是刻意这么做的。

吉本：他们两个能成为夫妻终究是有原因的，之间总会有一些共同点。

河合：我觉得吉本小姐的作品中其实活跃着你在小时候捕捉到的那些感觉。

吉本：我记忆事物的能力，或者说把那种东西内化的能力很强，可能我唯一的强项就是这个了。不是说记住某年某月某日在哪里做了什么，而是会记得那个时候天空的颜色，和自己的心情交织在一起的景色。即使是很小的时候的事情，我也会记得上述那种元素。

河合：其实就是事件，不是某年某月某日这种东西，而是全身心感受到的那种氛围。

吉本：正是因为这个，我才会想当作家吧。如果体验到了什么就想立马写出来。现在确实会很好地存储它们了，但小时候觉得，这些东西不写下来很快就会忘掉，所以整天在考虑"现在看夕阳的感受应该怎么描述"这种事。

河合：可以从作品里感觉到。虽然可能是我自己一厢情愿的想法，但会觉得"这个夕阳""这个呼吸"是被记忆保存下来的事物，正是这些东西创造出了这个人。这和记住历史事件是两码事,这种记忆作用于这个人的所有人格。我知道把小时候的经历保存下来的人和未保存下来的人之间的区别。比如小时候经历了怎样的磨炼,怎样待人接物,吃了什么东西。我现在觉得食物是个很重要的元素。

吉本:是啊。那些是超越逻辑的东西,拥有特殊的力量。

河合:我都是跟家人一起吃饭,一起聊天。现在说的却都是轻易就能用语言表达的东西,比如"历史学得懂吗""地理学得懂吗"这种,相比而言这些只是很下层、很浅薄的体验。这样一来就会变成整天学习,不跟家人一起吃饭这种本末倒置的状况。

吉本:读我小说的读者也都很注重那种感觉。比如明明邀了朋友见面却一直在说"真的很漂亮""真的很好吃"之类的。

河合:这是因为重视自己。不想放过自己的感受,也不想放过自己捕捉到的东西。这样一直保持下去就能形成自己独特的个性。

吉本:个性如何与现实世界相协调,这很重要。

河合:对,不磨合是不行的。

吉本:不这样做无法安心,也无法真正融入。这已经成了我的方法吧。我一直在思考如何去创作写实的作品。

年轻人的感性

河合：吉本小姐的书我基本上都读过，发现大部分都以十几二十岁的年轻人为主人公。是因为同龄人的心情比较好理解吗？

吉本：我只能写自己体验过的事情。以前也试过写五十多岁的主人公，但总感觉写出来的全是假的。所以很快就决定，既然这样还不如更深地去挖掘自己熟悉的东西。我现在是三十五岁，所以马上就能写三十几岁的故事了。所以如果到了五十岁，那五十岁之前的所有东西就都可以写了。而且我都用第一人称，所以如果什么地方撒了谎，立马就能看得出来。

河合：嗯，能理解。读者也大部分是这个年龄段吧。

吉本：对，差不多跟我同岁，小的有十三岁吧，有收到过十岁粉丝的来信。

河合：十岁粉丝的来信是什么样的？

吉本：十几岁的人都是凭感性在写，但这个感性很敏锐。光读信我觉得他们比以前十几岁小孩的感性和直觉要旺盛。

河合：这很有意思。

吉本：所以他们能分辨出你写的是假话。瞒得过大人，但绝对瞒不过小孩。

河合：我也是因为这个才喜欢和青春期的年轻人接触。绝对不撒谎，嗅觉又敏锐。

吉本：稍微说了一点违心的话，也会被他们识破。

河合：所以必须认真对待他们。可惜很多人不懂这一点，总觉得他们只是小孩子而已。

吉本：他们对生与死的深刻理解经常让我感叹明明这么小却懂得这样的事情。他们都是很有想法的，我确实被他们的信感动了。这么小就对人生有这么深刻的想法非常棒，而且他们的文章写得也不错，画也画得好，大家都会在信里画画。我很切实地感觉到他们感性的丰富，感觉到和平一代也在他们的日常里培养出了自己的感性。

河合："培养感性"在教育界也经常被提到。这不仅是需要磨炼的东西，而且是可以磨炼的东西。但有趣的是，有人会把"感性"当成一个贬义词，会说"现在的年轻人只会感情用事""整天靠喜欢、讨厌来行动是不行的"。他们觉得感性就是"无法有逻辑、有理智地思考问题"。

吉本：不过人太多的时候也会因为太吵而在心里抱怨"别这么感情用事啊"。（笑）我觉得他们这些人最可悲的地方是，明明年轻的时候那么有感受力、那么有活力，却在还不知道这些东西的好时就莫名其妙变成了大人，活力消失了，伴随而来的是其他一些东西。这个过程中，如果年轻人能把他们拥有的东西和爷爷、奶奶、隔壁的阿姨，或者随便什么年长的人所拥有的东西进行交换，那其实是一件好事。年轻人贡献出他们的活力，而年长者贡献出他们的智慧。但可惜的是，现在的日本没有这种可以互换的机制。

河合：确实，不交换意见世界会变得很无趣。我觉得现在是一个搞不懂年轻人如何与他人连接在一起的时代。

吉本：年轻人只与自己结群，不会走向更广阔的地方。

河合：在现在这个时代，那些好不容易得来的敏锐感性也很难转变成有用的东西。

吉本：是的。谁都没法教别人该怎么做，大人自己都焦头烂额。如今都是两代人的小家庭。我原本觉得我经历了非常严酷的环境，但说实在的，现在的年轻人比我经历的还要严酷。他们会担心未来，心怀不安，会坦率地说出"不能那么天真了""那么严酷可怎么办呢"这样的话。然而，这就是现在这个时代，这个的的确确很严酷的时代。

河合：大人真的应该多去了解年轻人的现状。大人一闲下来就会幼稚地感慨"我们当年多辛苦啊，现在的小孩就别抱怨了"。其实事实根本不是这样。

吉本：他们搞混了社会的错和年轻人的错。如果我是这个时代的初中生、高中生，或许也会像他们那样思考问题，也会做夸张的发型，穿底很厚的凉鞋。

河合：我听说过这么一件事。现在不是有校内心理辅导员嘛。有个辅导员从心理咨询机构去了地方上的学校，学校里有个黄头发、打了耳洞、通缉犯模样的学生。

吉本：都被说成通缉犯了！（笑）

河合：是个初中生。这个"通缉犯"被强行带到辅导员面前。在被教导的时候，这孩子突然跟辅导员对视着说"老师你为了什么而活着"，辅导员被问得很尴尬，怎么可能立马就回答出来嘛，于是就说"这确实是很重要的事情，我也在努力地寻找答案，所以现在我无法立马向你说明清楚"。结果那孩子说"可是我没法跟同学讨论这些事情，他们整天聊的都是明星的话题"，辅导员告诉他"如果可以的话，可以来我这里"。事情就变成了他会常去辅导员那里聊天。也是在那个时候，他告诉辅导员"大家只会聊明星和考试的话题，但我不一样。为了显示这种不一样，我才把头发染成别的颜色"。很厉害吧。如果大家能懂他的心思多好，但父母和老师却什么都不懂。父母也只是觉得"我们家小孩很奇怪"。其实这孩子是在努力地直面人生。吉本小姐也收到过这个年龄的孩子寄来的信吧？

吉本：对。信上会写"无法跟父母交流""没有人理解我""我住院了，现在是在医院写这封信"，我非常真切地感受到他们的痛苦。

河合：我觉得教育界应该去思考怎么与他们交流，怎么打开彼此之间的那个通气孔。

吉本：总觉得有人缺席退出了，但到底哪一代人退出了，我也说不好。是说我父亲那一代人吗？还是河合老师这一代人呢？总之我在读信的时候总觉得"啊，这些小孩被抛弃了"，他们被要求变成熟，所以才会写"因为神经衰弱所以住院了""我不去学校已经两年了，觉得自己是个废物"之类的话。总觉得他们太可怜了。

河合：对，非常可惜。虽然不是人人都是"三年寝太郎"，但偷个三年懒又有什么关系啊。

吉本：小孩子时间的伸缩性很强。遇到讨厌的事情简直度日如年，但只要有干劲，一直以来的忧郁心情就会一扫而光。我现在还能想起当时那种状态。

河合：所以那些突然跌到低谷期、偏离正轨的小孩绝对不是废人，也没有做错什么，应该有人带领他们，告诉他们回来的路。

吉本：每个人都有不同的侧面。在某些领域无法胜任，总能在别的领域运用才华。比如给我写信的那些小孩，我想他们之间是可以互相帮助的，辟开一条出路，向对方喊上一句"不要说傻话"，对方可能会回应"你懂什么"，甚至会冲突起来。但如果两人都是这样的情况的话，就可以互相慰藉，不要想着一下能把事情做好，尽自己所能就好了。

河合：我觉得我们也有责任去思考怎么把这个具体化。虽然现在很难想清楚。

吉本：但是如果能有那么十五个头脑发热的人就好了，虽然我也不知道为什么是十五个人。（笑）总之会说"去读书""把防雨窗关上""太深刻了"之类的话。

河合：现在大家都装出一副很懂事的样子。如果真的懂倒还好，但实际上都是装出来的，所以才没法"头脑发热"。如果被说成老于世故，我们完全无法反驳。如果小孩子被说头脑发热，他们肯定会站出来反驳的。我说的是不是很混乱……不过也就是十五个人吧，再多可不行。

吉本：如果太多了，那整个气氛……

河合：以前尽是头脑发热的人啊。

吉本：以前很反感某些东西的那代人，现在却努力做着当初自己所反感的那些事。

河合：对对，大家放弃得太快了。

吉本：相对地变得很柔和。

河合：吉本小姐有什么想对读了你作品以后来信的人说的吗？

吉本：我也和他们一样，一直在找寻着什么……这或许是件好事吧。我总觉得这些孩子身上有某种特征，大家都非常单纯，攻击性很弱，稍微一碰就能倒下去。相对于世俗，他们的外壳非常脆弱。

河合：说得真好。

吉本：我们的外壳会随着年龄逐渐变厚，这或许也不坏。虽然在脆弱的外壳上可以显露出旺盛的感受力，但我想让自己的身体机能变得更敏感，增强一点免疫力会更好。

河合：正如你所说，不变强是不行的。但虽然我说"不行"，却又必须承认强的人感受力低下。希望大家不要搞错了，在感受世界的同时受一点伤也没有什么，而接着就必须带着伤痕去战斗。这也可以说是吉本小姐所提的"无论如何都要去磨合"，也可以说要去掌控自己内部的感性。

吉本：如果能有这种想法，其实会过得很轻松。而且如果能多少再培养一些身体的感觉，比如寒冷是这样的，让自己在这方面也变得敏感，可能多少能改变一点脆弱的心态。

河合：现在我们的身体感觉都出现了偏差，好像都不是自己的了。

吉本：受伤了会痛，就算治了三天也行动不便之类的。

河合：对。还会感到恐怖。

吉本：嗯。有好几次真的觉得可能会死掉。

河合：现在太缺乏感性了。

吉本：其实我觉得他们也是想追求这种东西的，想感觉到恐怖，就算经历恐怖也想有活着的实感。年轻人的真实想法可能是这样的，但我们却看到了一群战战兢兢、自暴自弃的人。

认真与深刻

吉本：现在读者的年龄变小了，下降了一代，变成十八九岁的人。所以写小说变得更难了。

河合：是吗？

吉本：我非常切身地感觉到他们有趣、认真、单纯又深刻。认真坦诚的同时又很脆弱易碎。

河合：其实这样的年轻人很多，但大众却不感兴趣。反倒是一发生什么事件，媒体就会跳出来说"真搞不懂现在的小孩""现在的小孩简直莫名其妙"。这种报道看着就火大。

吉本：大概人就是会按部就班地变成这样吧。当然那些三岁多就虐杀小狗小兔的小孩是另一回事了。

河合：大人社会里也会有行为怪异的人，不是吗？其实不论在什么国家，什么年龄层都会有这样的人啊。吉本小姐怎么看呢？

吉本：到现在日本还是只把这种人划归到精神病里自欺欺人。

河合：对。日本人的压力都太大了，不要变得奇怪的代价就是一些人的优秀被打压。日本社会是建立在这种牺牲之上的。

吉本：把一切平均化。

河合：如果要顾及所有人，那问题会变得太复杂。

吉本：社会本身就是复杂的。我也不知道能为那些思想深刻的孩子做什么，只是坚定地认为不能背叛他们。但小说中终究蕴含着巨大的能量。

河合：是的，那里有一种能量，而且与普通的能量不同——发生的机制不同。而且实际上，年轻人在被压抑的状态中很容易爆发出力量。高中女生也是能挪动钢琴的。跟普通的能量是不同的。

吉本：他们心里堆积了郁愤不满。

河合：但他们只要决定去做，就什么都阻止不了。

吉本：最厉害的是，你稍微敷衍了事一下，他们也能察觉。我们大人喜欢场面话，就算写了无聊的东西大家也只会说"写得好"，就算稍微松懈一点也没有人会出来说"最近偷懒了吧"。但是年轻人不同，他们会言简意赅但一针见血地说"我不能理解""以前会看哭，但这次没有"。听到这种话我会很难过，但同时又觉得他们非常真诚。

河合：我也特别喜欢他们这一点。虽然大家都觉得不存在这种完全不说谎的世界。

吉本：人总归会不可避免地长大。那些后来杀了人的人一定在长大的途中百般受挫。虽然人们都说不要去在意过去……

河合：但如果一直不在意的话就会一直积压。

吉本：这种东西集中爆发以后大家就说赶快去治，其实不先清算以前是不行的。因为觉得不是什么长久的病症,所以会说"请快点把我治好"之类的话。说得像速食快餐一样,真是可怜。

河合: 其实哪有那么简单。所以我经常会跟小孩的父母说:"经过十八年养成的病症怎么可能一年就改变呢?"

吉本: 前段时间,我在商场的书籍区遇到一个站着读我小说的女孩。因为觉得很巧就走近去看,结果对方也问道:"是吉本小姐吧?"她是个很可爱、气质很舒服的女孩子。她说准备买那本书,我就说"因为太有缘了,所以想送给你",索性买来签了名。然后对方居然要把自己的戒指送给我,本来我说不用了,可她说"这是我一直戴着的东西,对我来说非常重要,所以想送给您",最后只好收下了。现在我也戴着。但就是这样一个女孩写信告诉我,她遇到一些事情,住院了。

河合: 怎么会?!

吉本: 她情绪不稳定,出现了麻烦的问题,对这些东西无法囫囵吞枣地接受,内心太纯粹了。她在信里写"我没法去学校,又因为没法去学校变得很自责,现在会去看医生,甚至要住院"。信是她母亲送来的。明明是那么好的孩子,可以好好沟通的孩子,但却没法去学校了,在学校不被接受。

河合: 或许就是因为内心太纯粹,所以才无法去学校。因为学校就是社会,非常复杂。

吉本：但并不是说可以不去吧？

河合：现在或许可以有别的选择。

吉本：以前是没有的。

河合：以前更严峻。现在参加高考变得容易了，推迟三四年再去考的人很多。大学对他们也都很欢迎。我这一代人可能还没资格这样说，但比起以前确实是轻松很多。在以前，"不去学校的人等于奇怪的人"，会被说坏话。现在这样的小孩可以去一些比较自由的环境里学习，就算完全不上课，只要通过大学考试也是可以正常入学的。总之选择多了，所以相对我们来说也轻松了。重要的是，就算这个小孩暂时和别人不一样，我们也要让周围人知道他不是什么奇怪的人。能做到这一点，很多事情就解决了。但有时候经过我们的说明，孩子的父母理解了，但还是会有别的亲戚跑出来……

吉本：（笑）"不行，不去学校不行。"

河合：对对，说什么"不去不行""就算很辛苦也要坚持"之类的。也有一些被家里逼着去上学的孩子就逃课。结果其他的家长就觉得"那个小孩被父母骂着、逼着同意去学校了，那我们也这么办"。还有一些态度比较缓和的人提出应该送孩子去医院，这种建议更难否定。我们要做的就是要从上面这些人手里去保护孩子。

吉本：这些人只要别妨碍我们就谢天谢地了，但很多"老师"连这都做不到。

河合：对啊。

吉本：您有和这种人斗争过吗？

河合：其实如果对抗得不好，自己反倒会受伤害。如果直接对抗可以解决问题的话倒也好，但很多时候却不是这样。轻率地去对抗没有好处，所以要仔细思量。

吉本：现在不是有一些神秘"大师"打出"我能治好你们家里蹲的儿子"的广告来赚钱嘛。不是宗教也不是正规的身体治疗，不知道是些什么来头的"大师"。

河合：这种只为赚钱的人越来越多了。

吉本：不知道他们这种治疗是好是坏。

河合：更麻烦的是，确实有人被他们"治好"了。

吉本：搞不明白。

河合：确实搞不明白。

吉本：从职业上来说，应该叫"咨询师"。

河合：所以我们"临床心理医生"为了不被误解，会非常明确地规定"所谓临床心理医生是指那些受过什么什么训练、获得了什么什么证书的人"，是可以被信赖的。如果不这样，那就随便什么人都可以了，只要喊一声"我行"就可以去做。麻烦的是，大家会传播说找谁可以花钱治好。这种情况也挺多的。

吉本：挺常见的。

河合：麻烦的是，大家会像抓住救命稻草一样觉得"谁谁谁都去了，我也去吧"，为这些人付钱。

吉本：不像冲绳的巫师是那种真的有历史的文化，而是不知道从那里冒出来觉得"只有我可以，我知晓世界的秘密"的人。

河合：类似的情况太多了，非常麻烦。

吉本：这个时代就是这样吧，混乱不堪。

河合：因为什么样的人都有，所以这个时代非常棘手。必须自己去清醒判断的事情越来越多。

吉本：这是日本人最不擅长的东西。

河合：对，我们最不擅长这个。比如就算去看医生，也必须自己好好判断哪个医生比较好。

吉本：去一些怪医那里，还是去正规的医院，还是干脆加入宗教。

河合：这也只能交给他们自己去判断。与自由和有趣相伴而生的也许就是混乱与复杂吧。

土地的力量

河合：我最近在读吉本小姐的书，《南美与不伦》那本。

吉本：《不伦与南美》（幻冬舍）。

河合：是《不伦与南美》啊！

吉本：其实也没什么区别。（笑）

河合："不伦"在先啊。"不伦"这个词突然被摆出来很有趣。这是吉本小姐最近关心的问题？

吉本：对。遭到了很多人的反对。

河合：为什么？

吉本：被问说"怎么尽写这种东西"。

河合：（笑）

吉本：但是最开始是从南美文学开始思考的，总觉得他们的文学都带着那种感觉。

河合：是吗？

吉本：不是什么抽象的东西，比如《爱与死，以及……》[1]啦，《爱与其他魔鬼》[2]（新潮社）啦，都有这种感觉。于是就想直接拿来做题目。

河合：这很有趣。这么一想，日本的书名大多很暧昧隐晦。那些觉得暧昧隐晦比较有格调的读者，应该会被《不伦与南美》吓到吧。但这种冲击性的效果是很有价值的。

---

[1] 玛格丽特·杜拉斯于1987年出版的小说《La vie ma térielle》，国内译为《物质生活》，日本译为《物质的生活》或《爱与死，以及生活》。此处吉本芭娜娜没有记住书名全称。

[2] 加西亚·马尔克斯于1994年出版的小说《Del amor y otros demonios》。

吉本：我自己也觉得是个不错的题目。

河合：因为计划写这本书所以才去南美的吗？

吉本：对。

河合：有意思的计划。

吉本：因为去之前的固有印象里总觉得，南美的气候应该是炎热的，民族是热情的，结果却意外地静谧、寂寥、寒冷。这种意外很有意思。觉得自己应该把这种冲击写下来。

河合：我也去过南美，印象最深的是白人社会和原住民社会之间……

吉本：印第安人？

河合：是，他们之间是有隔阂的，甚至完全不能互相认同。虽然也有融合了的地方，但相异的东西让我感触很深。相比而言，日本人真的很特殊。我们日本人长久以来都是一边吸收着西方文化一边保持着自己独特的风格。但去了南美，发现印第安人的生活还保持着高度的特殊性，与白人格格不入，觉得很不可思议。

吉本：我想到一个有点类似的感受。其实基本上住在南美的都是从西班牙来的欧洲人，但他们的生死观却完全是南美式的。或许是气候的原因吧。他们会觉得"死就死呗"，这绝对不是欧洲人的思维。

河合：住在那片土地上，吃那里的食物，对我来说比预想中要可怕。

吉本：因为怕被影响吗？

河合：嗯。远藤周作先生有一本书叫《沉默》（新潮社）。那里面讲到传教士洛特里哥来到日本，踏上日本的土地，吃日本的食物，渐渐趋同于日本。我还写过关于这个的文章，所以始终觉得各地在风土和食物上的差异非常大。所以虽然白人们觉得自己和印第安人处在不同的文化世界里，但就像你说的，可能在更深层的地方……

吉本：已经被改变了。

河合：还有就是移民那里的日本人，第二代、第三代我还能理解，可是明明是生在日本的一代移民也已经完全不像日本人了。印象比较深的是他们会有"不行就不行呗""差不多就行了"这种半途而废的想法。面对命运的压力，真的是很大的压力，也能轻松说出"死就死呗"这种话，完全不是日本人的思维。看起来完全是日本人的老婆婆却让我从心里觉得"这个人已经不是日本人了"。

河合：白人也会给你这种感觉吗？

吉本：是。

河合：这样啊。

吉本：在那种雨林茂密、河流广阔的土地上生活，总归会变得不同。

河合：在你刚才说的树木繁茂、河流宽广的世界中，西方的唯美主义显得很突兀。所以会从深处被侵蚀掉吧。

吉本：说西方的唯美主义之中有绵密的官能性可能太夸张了，但可以感觉到自然界的官能已经侵入其中。自然影响了人类。西班牙人初到南美时想在那里建造西班牙式的城市，但却建造出了布宜诺斯艾利斯这样的城市，完全被那里的土地同化了，非常有趣。

这让我想到之前谈到的那个话题，如果人是被土地支配的，那我们让状态不好的人换个住的地方，改变他的饮食，说不定就能让他好起来。

河合：以前我们把这种方法叫"转地疗法"。

吉本：有效果吗？

河合：适合不适合差别很大。

吉本：这个要怎么判断呢？

河合：对有这种能力的人来说很简单，他们可以感觉到。以前有拥有这种智慧的人，但现在已经没有了。那种智慧和近代科学的思维完全不同。但在美洲土著人里仍然存在。

吉本：所以真的可以凭意念治病吗？

河合：可以，当然可以。

吉本：我一直不知道该怎么称呼这种东西。比如我父亲的腿不好，所有人都劝他去温泉，结果他说"开什么玩笑，我又不是你们"。我当时就想确实也是不一样。

河合：这个嘛，能被温泉治愈的人去就好了，像您父亲这样喜欢

待在家里的人去温泉反倒是负担。（笑）温泉压力症候群。（笑）

吉本：这种人还是别去温泉了。

河合：而且以前有人可以根据对象是谁判断出他适合哪里的温泉，现在没有这种人了。现在就算是有人出来这样说，也不是有真本事。

复杂的衰老问题

吉本：想了一个可能不相关的话题，但我实在太疑惑了，之前也问过很多人。您知道秋田县有个玉川温泉吗？

河合：不知道。

吉本：据说可以治疗晚期癌症。玉川温泉属于强酸性的温泉，菜刀放在里面一晚上都会被腐蚀，所以人也不能待久。这种温泉只有中国台湾、智利和秋田三个地方有。里面有一种能散射镭射的石头，吸入那里的气体会致命。虽然挂着"请勿靠近"的标志，身患癌症的晚期病人却会在周围露营，会铺上草席睡觉，吸入那里的气体，会在那个温泉沐浴。要我一语概括，简直有点像地狱的风景，不禁会想"这算什么"。如果病情严重的时候去了那种地方真给治好了，到底该算什么。

河合：如果用自然科学的方法来解释，恐怕是里面含有抗癌物吧。现在不是也会用化疗来治疗癌症吗？

吉本：也有可能只是偶然……

河合：是，是有这种可能。但还有一点，癌症本来就是一种很难捉摸的病，即使看起来概率很低的事也会发生。

吉本：原来如此。这件事就给我这种感觉。状况很糟的时候，说不定那种地方反倒让人安心。

河合：有这种情况。

吉本：比起在医院睡着干净的床铺，舒服地打吊针，在这种不时有烟雾冒出来的地方仰望天空可能反倒更有效。

河合：确实像你说的。而且觉得医院干净整洁的都是健康人吧。不觉得吗？

吉本：对。

河合：那些正在步入死亡的人，感觉不到干净整洁。对他们来说，待在狭小的空间，被一片白色包围，呆呆地睡觉还不如随意躺在自然中看着山川星辰。我觉得现代人在这方面非常失败，很多人在面对老人和病人时的观念与行动都很有问题。

吉本：健康的我们抱着远足的心情去，看到那样的温泉会觉得很可怕。但对身体已经很糟糕的人来说，比起去医院，在那里又能遇到同伴……可能日本人的心理就是这样吧。

河合：跟他们的状况契合得很。

吉本："恶化了就能去那里了"，说不定还会这样期待着。一边吃着温泉蛋，一边随便地躺在地上看杂志，地面也粗糙不平，一点不柔软舒适。我觉得古代人的思维就是这样。

河合：古代人觉得上了年纪以及步入死亡都是很值得感恩的事。现代人则只绞尽脑汁地思考如何让自己精力旺盛地活着，让生命一直继续。这种延长从一开始就错了。我们用延长的生命来思考变老和死亡，这种视点就是错的。真正有智慧的人都是步入老年的人。但我现在也上了岁数，以我自己的经验，上了年纪会变得不想再去讲授真理，这就是问题所在。死了的人也是无法言说的，去了另一个世界更是无法言说。

吉本：我觉得现在的日本丧失了和这片土地相生相依的生死观。

河合：是啊。其实不光是日本，所有的现代国家都丧失了。

吉本：在南美的时候，会觉得"现在突然死掉也不错"。怎么死的无所谓，总之飘荡着一种"真想这么突然死掉"的情绪。当时一起去的工作人员都觉得想进入那些茂密森林的深处，想在能呼吸到热带雨林凝滞的空气、能听到瀑布澎湃之声的地方突然死掉。如果出生在那里就会有这种想法产生。比如印度不是有"垂死之家"[1]嘛，因为有信仰，所以大家会觉得"死了以后在河边被火葬就好"。但现在的日

---

1 由特蕾沙修女于1952年在加尔各答创立，用以收容即将面临死亡的穷人，让他们有尊严地离开人世。

本，大家不知道什么样的死亡方式是好的。

河合：对对对，想得非常深刻。

吉本：我经常思考这些。

河合：大家一般都不想去考虑这些，也不想谈论这些，总是逃避。

无法放任不管的社会

吉本：最近看了一部非常棒的电影，是一部关于一群古巴老乐手的纪录片。讲一群九十、八十、七十岁的老人一起玩乐队，片名叫《乐满哈瓦那》[1]。虽然电影中的主人公都已经是年过七旬的老人，但他们每个人都还是活跃着的现役乐手。虽然环境不同，国情不同，不能一概而论，但如果是在日本，过了七十岁，周围的人一定只会说"别玩了""休息吧"这样的话。虽然河合老师您还是很有活力地在工作，但这种情况最近确实越来越严重了。对小孩子也是，都已经十岁了，还是得"安稳坐着"。面对上了七十岁的老人，也总让别人"安稳坐着"。我很好奇日本到底为什么会变成这样？

河合：希望日本能有些改变吧。

---

1 《Buena Vista Social Club》，也译作《乐士浮生录》，是由德国导演维姆·文德斯于1999年拍摄的音乐纪录片。

吉本：但是突然让小孩去玩泥巴，逼着老人去工作也不对。

河合：总之，不管是小孩还是老人，应该给他们自由，让他们去做自己喜欢的事。这样会产生一些不同的东西。在日本关于"小孩就得这样""老人就该那样"的社会压力太大了。

吉本："就得这样"这种思维到底是从哪里来得啊？

河合：对日本人来说，"守本分"非常重要。日本人觉得守本分就能维持和平。古代指"身份"，皇族有皇族的身份，武士有武士的身份，人们由身份区别开，与同身份的人竞争。后来受到西洋的影响，我们渐渐意识不到这种身份上的差异，认为人人平等。但这终究是日本人的思考方式，会不自觉地在潜意识里持有"身份"的思维。所以会用"身份"去鉴别怎样做比较得体，在"身份"中展开竞争。要去突破这种思维，需要更为强大的力量。

吉本：我觉得我们这代人恰好是有所改变的一代。

河合：我也这样认为。

吉本：大家都说比我们小的那代人处在一个好时代，很自由，但其实他们又多少回到了之前说的那种状态。

河合：这么想的话，不能自己思考问题的年轻人真的很可怜，只能按父母说的去做。我看着他们觉得很可怜。

吉本：现在的小孩吗？

河合：嗯，真的很可怜。以前父母都比较忙，没时间监视着我们。

吉本：而且兄弟姐妹也多。

河合：父母有时候会像突然想起来我们一样教训我们一番。但在每次责备的间隙里，小孩子得以做自己喜欢的事。

吉本：现在都是独生子女，所以父母会全面参与他们的生活。

河合：对。而且还必须去背负那种日本式的"身份"，真的很可怜。

吉本：我希望自己在死的瞬间去回忆童年和老年生活，可以发出"啊，那时候就像梦一样"的感叹。如果这两个时期无法给你这种感觉，那人生该多么虚无啊。这两个时期是为了社会拼命工作之外的时间，是人的灵魂得以自由游弋的时间。现在的小孩和老人连这些都被夺走了。

河合：对，灵魂本该自由游弋，却处在被掠夺占领这种大相径庭的状态。真的应该让他们自由去玩啊。

吉本：我们的社会总是不能"对他们放任不管"。

河合：对上了岁数的人管来管去，老人自己也很难熬，比如必须睡上等床垫，待在一处干净舒适的房子里，吃营养丰富的食物等。有没有营养有什么关系，就不能让他们吃自己喜欢的东西吗？总之现在的小孩和老人太可怜了。

吉本：这两种人不幸福的社会是一个真正不幸的社会。

河合：最让我生气的地方是，这么做的人一副"这都是为了孩子和老人"的姿态。完全是虚情假意，根本是在扼杀别人的自由。

吉本：举个例子，比如说有人的梦想是"八十九岁的时候一个人坐飞机去美国，和金发女郎交往"。刚提到要"一个人坐飞机"就会立马被众人阻止。

河合：绝对会被阻止。

吉本：一定会有人跳出来说"我也一起去"，完全没有自由。而且，现在不是有很多年轻女孩子不想生孩子嘛……我总觉得现在的日本丧失了很多作为社会该有的机能。于是大家就开始迷茫于自己到底能做什么。

河合：大家都在努力变成有钱人，当然如果做得好这件事也可以很有趣。

吉本：最近我总觉得所有人都在奄奄一息地挣扎着。时代变得太快了。

河合：其实真的出国转转反倒更能清醒地看待日本，但很多人连这个都做不到。所有人都抱着旅游的态度走马观花地拜访名胜古迹然后回国，那不叫"出国"，那只是把日本打包带来带去而已。

吉本：是啊，只是往返一次而已，只是汽车窗外的掠影而已。

河合：人们不会真的去体验，只是忙乱地拍照片。因为好像不拍照片就留不下证据，所以大家一路走一路拍。

吉本：或许对众人来说"直接去体验反倒很可怕"。

河合：而且,这些人回国以后会把照片当作战利品给周围人看,结果介绍的时候却不知道拍的是哪里。(笑)心想"这是哪里来着"。

吉本：(笑)在国外的时候反倒比较容易放松,挺神奇的。明明是日本人,为什么在国外反倒放松。

河合：这就是因为我们之前说的那种"日本式的束缚"被斩断了。

吉本：嗯,不是单纯的旅行。

河合：对,不一样。我也上年纪了,出国也变得很麻烦,说英语也很麻烦。但是去了以后就算什么都说不了也还是很安心……

吉本：有一种解放感。

河合：我会觉得"来了真好",非常喜欢那种束缚被斩断,解放的感觉。

吉本：对。

河合：心里觉得不去不行,然后就去了。虽然心里觉得不去不行,但我们去了那里就得用那里的语言交流,说英语终究是件麻烦的事,就会想"还是算了吧"。即使这样,每次去了以后还是觉得"来了真好"。

吉本：下次一起去阿西西[1]吧,腾出一个月时间。

河合：想去的地方还有好多!

---

1 assisi,中文也译作"亚西西",是意大利翁布里亚大区佩鲁贾省的一个城市,位于苏巴修山的西侧。

关西人与江户人[1]

河合：吉本小姐对关西和关东的区别有意识吗？

吉本：有。

河合：啊，我现在基本上都带关西腔，已经说不了普通话了。尤其是语调已经改不过来了，也没想去改。自己觉得说的明明是普通话，对方却总能听出关西腔。

吉本：和我关系最好的朋友基本上都是关西人。

河合：真的？

吉本：我也想过为什么，是因为缘分呢，还是性格呢？因为土生土长的江户人和关西人确实……

河合：现在土生土长的江户人越来越少了。

吉本：我应该算吧，第三代了。

河合：这样啊。这么一说，你确实有江户人的气质。

吉本：有吧。我跟邻居交往的时候没有什么架子，但如果跟关西人比的话，我又保持着自己不能被侵入的领域。

---

1 江户：东京旧称。

河合：感觉现在说江户人一般不是说土生土长的"江户人"，而是说"东京人"。东京是日本的中心，所以这里的人也是日本的中心人物。而我们则处在"外围"，其实处在外围也有处在外围的乐趣，有外围的优越性。其实很好。

吉本：我在东京像个异类。小时候，在电车里跟旁边人搭话说"你这件衣服真漂亮"或者给迷路的人指路都是很稀松平常的事，但现在如果这样做肯定会被当成脑子有问题的人。

河合：可能"关东"和"关西"的差别就在这儿。"关东"在大家心里代表都市。

吉本：一个被称作"东京"的聚合物。

河合："东京人"是为了日本的现代化而努力的人，而我们则像是平心静气生活在前现代状态的人。这也是某种区别吧。关西腔很适合直接真诚地表达感情。

吉本：确实，跟关西的朋友说着关西腔的自己和正常说普通话的自己好像连人格都不一样。

河合：对对。

吉本：完全不一样。

河合：总觉得普通话太"正经"。反映在小学生身上也很有趣，在讲台上做报告的时候一般会用"我认为确实如此"这种不带太多个人情绪的措辞，但私下里则会很利落地用"这简直太精辟了"这种关西腔。脱口而出关西腔的时候，连神情都会改变。我在讲台上也会说关西腔，自己很放松地说话时都是关西腔。普通话还是太"正经"了。

吉本：我朋友也常这么说，挺有意思的。

河合：他们跟吉本小姐说话都是关西腔？

吉本：是啊。跟他们说一会儿话我也会变成关西腔。虽然几乎不怎么说英语，但想一下说英语时候的感觉大体能了解。"啊，就是这种感觉"之类的。

河合：我说英语也是关西腔。

吉本：（笑）

河合：语调很关西风，我一说英语，别人就说有一股关西味儿。

吉本：怎么会这样？

河合：我公开说英语的时候通常没有底稿，自然而然说出口的时候就像自然而然在说关西腔一样。

吉本：关西人的用词都特别极端，但其实心里想得没那么严重。东京人说"可能"的时候，关西人已经用"简直"这种程度的词了。

河合：但有时候关西人也确实会一针见血地说出真话来，很有趣。

吉本：会突然冒出些特别严重的措辞，下一秒又很平静。这点特别好。如果不行，也会直接彻底地表达，失落的时候也是。在这一点上关西人和江户人还是有相同的地方，挺开心的。

河合：江户人就是这种感觉啊。

吉本：是啊。

河合：东京人和江户人还是不一样。

吉本：不一样。我常常能感到那种"独自一人"的寂寞。倒是跟关西人很像，聊得来。

河合：我觉得这是"原住民"之间的共通性。站在传统的土地上说话会很安心。

吉本：在东京聚集着各种各样不同的人，所以要让这些人都"顺利交往，找出共通"就会催生出呆板无趣的东西。

河合：记不清是最大公约数还是最小公倍数了，反正就是会变成那种东西。

语言与优雅

河合：西方人和日本人聊天时候的思维方式非常不同，欧美人很重视"讨论"。

吉本：是啊。他们会反复确认"为什么""刚才说的是什么"。

河合：他们喜欢说"我认为……""区别在于……"，而日本人大多是"这样啊，原来如此"。

吉本：在日本，稍微争执一下好像都伤感情。

河合：在日本，不明事理地跑来跟别人讨论绝对会被讨厌。在这里，这个绝对是大忌。

吉本：但西方人则可以在激烈争吵之后笑着一起去吃饭。

河合：他们从讨论中获得乐趣，而日本人则会因为讨论而生气。

吉本：大家最后会选择离席、逃避、走出会场，搞得很尴尬。

河合：在国外会觉得，可以讨论很有趣，但有时候也会觉得好吵。

吉本："行了啦，大家说的意思其实都一样啦。"

河合：对，两种感觉都有。我在德国做讲座的时候说"各位好像很喜欢讨论，但在我的国家是没有这种环节的，我讲完听众就会安静离开"，然后一个人就举手问："教授，为什么日本人都不讨论啊？"我回答他："这么直白的话，在日本是没有人说的。"（笑）他们和日本人不一样。因为西方有强烈的个人主义传统。

吉本："差异"才是有意义的。

河合："作为人，有差异才会有意思"，应该有"作为个人的思考"。我在被问到为什么日本人不喜欢讨论时解释：你们觉得当我这样说的时候，如果对方那样说（比画着两个箭头相撞的样子），我们直接正面碰撞，会产生出新的东西。你们会从这种思维里获得乐趣，但日本人不是。日本人觉得当我这样说的时候（向下指），对方也向那个方向行进（也是向下的方向），我们在深层是可以相遇的，这才是有趣的。两者的模式完全不同。这样解释得通吧。与其持不同的观点，有趣的是两个人的观点在深层连接在一起。能做到这样，那对话也可以有趣，但西方人觉得如果不正面较量就不行。

吉本：确实，很不一样，很少有日本人整天表示惊讶，但在欧美则是常有的事。我们最多就是远远地观望，保持距离而已。可能因为日本社会内的差别不是很大。

河合：或许真是因为这样。

吉本：像美国会有农场主和纽约人的区别。

河合：英国的话，凭说话就能判断此人来自什么阶层，因为是等级社会。但日本则大家都一样。

吉本：交流很容易，这也是原因之一吧。

河合：我有个在美国待了很久的学生回日本读大学院[1]，结果竟然没法适应日本的大学，他说"我都快搞不懂日语了"。我问他"怎么会，你又不是刚会讲日语"，结果他回答"我不懂什么叫'总归可以解决'。普通的日本人听到对方说'总归可以'就会附和着说'嗯'。只有我一个人不明就里，追着问'怎么就可以了'，对方就会一脸不耐烦。很多地方都是用这个'总觉得'给过渡过去的，但我就是不知道这个是什么意思"。他这么一说，我一下明白了。

吉本：但是，日本人如果能把这个技巧灵活掌握也很厉害啊。

1　日本的大学院相当于本科上一级的学位，包括硕士和博士。

河合：如果能在国际社会里灵活使用倒好，但问题是不行。

吉本：那个太难了。

河合：嗯，日本人之间是没什么问题。

吉本：在国际上跟人家说什么"这事总归可以解决"，对方一定会觉得"你在说什么啊"。（笑）

河合：在日本去追问"总归可以"的确切内容是很野蛮的。但跟欧美人不说清楚就不行。

吉本：这个挺难的。

河合：但用英语说明让他们明白以后，会觉得挺有趣的。所以如果发生什么冲突，我不会立马去迎合对方，而是会跟他们解释日本的不同。

吉本：如果去迎合就会变成撒谎。

河合：以后都不会再见的人可能会迎合，因为很麻烦嘛。但如果变成朋友了，就不会再去迎合了。比如去美国的时候，一面之缘的人叫我"隼雄"我也不会说什么，但朋友绝对不会这样叫我，朋友都叫我"河合"。我跟他们说："如果当我是朋友的话，以后请叫我河合，隼雄是只有我父亲能叫的名字。"（笑）对方会非常惊讶。挺有趣吧。我会跟朋友去说明这些东西，他们也会非常享受这个过程，因为毕竟对自己来说是新鲜的东西。写信的时候他们会特意写上"春天了"。（笑）一般来说是不会写的嘛。但我告诉过他们日本人会写，

日本的信要从季节的问候开始。（笑）

吉本：（笑）连这么细小的问题都会说啊。

河合：如果有人开头就冒失地来上一句"嗨"，我就会说"这么没礼貌的信我是不会读的"。其实写德语的信件时，我也会注意不要在文章一开头就写"ich[1]"，按理解是要在前面加上些别的东西的。基本上都有类似的规则吧。但英语是直接写"I"，所以不太一样。

吉本：在德国，大家会觉得直接开始叙述是没有教养的行为。

河合：对，对。这一点还挺像的。意大利语的话，则会略过主语再开始写具体的内容。

吉本：确实。直接写出主语总觉得太强硬，好像在强调自己一样。

河合：其实直接脱口而出"我"的文化是很少的，但现在却变成主流了。忘记具体是哪个地方了，好像是新几内亚。在那里，问出让对方只能回答"不"的问题，是无礼的行为。

吉本：好细致的礼节。

河合：作为教养不能让对方说出"不"，如果让人家说了，那就是粗鲁。日本也有类似的讲究，让对方狠狠地回答"不能"，也挺没礼貌的。而在另一种文化里，被问到"是或不是"时，不回答"不"就不行。这种美国式的文化其实是少数，但现在却渐渐向全球扩散

---

1 *德语的"我"。*

了,真搞不明白。

前几天,我拜访了美洲原住民纳瓦霍族[1]。跟纳瓦霍族的巫师交流有点不畅。最后我也不知不觉变成了美国式的说话方式,开始问一些用"是"和"不是"来回答的问题。比如会问:"是这边吗?是那边吗?"因为如果我问"左右两边您是要哪一边",对方是没法直接回答的。

吉本:连回答的欲望都没有,或者说我们没有那种要把问题明确下来的思维习惯。

河合:对。所以我问了那样的问题,对方一下子回答出来了,但并不是我期望的答案。这是日本人最让美国人火大的地方吧,"我问你是不是,你都回答的什么啊"。不过扯出别的话题,这可能又是一种世界性的文化,因为每次都能明确"是"或"不是"的应该只有电脑吧。

吉本:可以让对话快速进行下去。

河合:电脑可以瞬间算出是或否,它在这一点上世界无敌。但纷繁多样或许就是人类真实的样子吧。

吉本:它被发明也是因为人类在思考如何能节省时间。

---

[1] 纳瓦霍:美国西南部的一支原住民族,为北美洲地区现存最大的美洲原住民族群,人口据估计约有30万。"纳瓦霍"族名由西班牙人所起,族人则自称为"Diné",即纳瓦霍语"人"之意。

河合：对对，效率。但过分追求效率，不再迷茫徘徊，则会迅速地走向死亡。正是喜欢这份迷茫徘徊，才能活下去。所以，美国文化如果变成主流，人类说不定会灭亡。

吉本：时间会一刻不停地向前，不理会人类身体的节奏。

河合：所有一切都是。吉本小姐被翻译成意大利语的小说很受欢迎，那英语的呢？

吉本：嗯，也有人读，但是怎么说呢，译得很直接，所以只看故事走向的人就会喜欢。还有就是一些独立圈的，非主流的地下乐队的人会喜欢。好像他们交际面不会很广，会跟我说"我这个人有点奇怪，喜欢听这样的音乐"。在这些人的圈子里挺有人气的。

河合：明白，美国的主流文化有点……

吉本：如果要在美国卖书的话，感觉得在人前吃香蕉。（笑）对方几次都让我去做演讲、读书会还有签售，我觉得还是饶了我吧。

河合：这么想的话，美国还是挺吓人的。

吉本：非常吓人！我家以前在（日本的）东北部住过。父亲告诉我，就算是要跟屋主说"请把房子租给我"，也得先聊上好一阵闲话，比如"天气不错啊""这是腌菜吧"之类的，然后回家，之后再去说"我想租这座房子"，这样持续一个月终于租到房子了。这就是真正的日本文化吧。

河合：是啊，确实如此。如果是美国人的话，肯定会说"要租的话，满足下面一、二、三条就可以了"。

吉本：绝对就是这种模式！

河合：现在我也必须要用这种模式，等于是输给美国了，心里其实不服气。这种模式也用，那种模式也用，两种并存不是更有意思吗？没有什么是绝对正确的。

吉本：完全按那样的模式其实是一种逃避，会有罪恶感。

河合：就像刚才说的，我会跟亲近的人解释我们的文化，我们处世的有趣之处，不会委曲求全地去迎合。但跟只有一面之缘的人，解释也是解释不通的。

吉本：您在国外都是用英语演讲吧。

河合：对，但不用底稿。而且我用英语演讲的时候也经常会说"e-to，e-to[1]"，所以美国人经常说"你说话很有趣，为什么老要说八、八"。（笑）所以我的演讲叫作"八八演讲"。我解释给别人"其实这个八是……"后，他们都特别惊讶。

吉本：（大笑）

河合：但是说电话号码的时候就糟了，比如"二，三，九，e-to"。

吉本：对，经常碰到。（笑）

---

[1] 日语的语气词，表示思考时的停顿，相当于中文的"呃"。发音跟英语的数字八（eight）很接近。

河合：对吧，经常有。还有"奇怪了，e-to，e-to"，多得很。而且我说英语的时候也会变成关西腔，手势有时候也是，虽然绝对不是刻意的。

吉本：那演讲之前连关键词也不写吗？

河合：英语的话会写便条，日语的话就不用。

吉本：当天才想吗？

河合：嗯。出了国会变得很能讲，到了时间就停下。所以大家总觉得"老师，时间刚刚好"啊，还是卡准时间结束的那个点很关键。

吉本：前一天不会紧张得睡不着吗？

河合：演讲的时候倒不会，但表演长笛的时候会。前一天晚上会辗转反侧。因为太紧张所以吹得非常糟糕。连练习的时候完全不会错的那些地方也错了。虽然当时觉得"我都在干吗啊"，但其实也挺有趣的，因为人生其他时候不会出现的情况在吹长笛的时候都体验了。

吉本：除了吹长笛你还有什么会紧张的场合吗？

河合：第一次用英语聊天的时候吧。写倒是经常写，但毕竟比较自娱自乐。

吉本：您从年轻的时候起就不太怯场吗？

河合：嗯，公共场合不怎么怯场。但是吹长笛的时候真的是紧张得一塌糊涂。在学生面前演奏的时候紧张到连升号降号都分不清。我说"太紧张了，乐谱都一层雾气看不清啊"，结果学生说"老师您没戴眼镜"，原来是忘了戴老花镜。（笑）所以就是紧张到都忘记戴眼镜了。但我还是拼命坚持到最后，喉咙发干，一点唾液都没有，吹出来的声音也发涩发抖。这种事也有。

吉本：那唱歌呢？

河合：不唱歌。

吉本：不唱歌？（笑）好神秘啊。

河合：我不在大家面前唱，但会用鼻音哼哼，哼歌倒挺喜欢。我以前不是高中老师嘛。听说入职以后，校长跟大家介绍我的时候，我就在哼歌。（笑）我对哼歌倒完全不在意。所以因为长笛，我终于知道紧张怯场是什么滋味了，也挺有趣的。大家不是都会说"要在婚礼上发言，好紧张"嘛，我会觉得"怎么可能，那有什么好紧张的"。结果在吹长笛的时候体验到了那种高度紧张的情绪，才明白"啊，这就是大家说的那种感受吧"。拜此所赐，现在我也还是会为音乐而紧张。不过紧张归紧张，我也公开表演好多次了。后来，演讲时候那种轻松的态度开始慢慢渗透进长笛演奏了。以前完全是两个极端，演讲的时候一派潇洒，长笛演奏则磕磕绊绊，但现在演讲的那种节奏开始慢慢渗入长笛演奏了。我能感觉到。

吉本：好奇妙。

羁绊

河合：我从小就喜欢上台表演，这其实是个很奇妙的事情，明明我家世世代代都是普通老百姓。

吉本：适合还是不适合，这种东西是天生的吧，遗传的。

河合：或多或少有吧。我觉得这个老百姓家族里肯定混入了什么艺人血统，自己会想象说流浪艺人路过这里时生了孩子之类的。（笑）

吉本：这跟您自传里说的可不一样啊。

河合：不过我能非常强烈地感觉到自己的老百姓血统。

吉本：怎么说？

河合：我基本上还是比较眷恋乡土吧。所以不太喜欢都市，现在也对都市气没什么好感。

吉本：比如什么样的东西是都市气的？

河合：普通话我就接受不了。还有上纲上线的东西，规则过多的东西，总之就是规规矩矩的东西我都讨厌。

吉本：但是人生大部分的时间都得在规则中度过。

河合：虽说如此，但我还是想做点跟别人不一样的事情吧。就算所有人都维护规矩的时候我也总想做一些不守规矩的事。比如被介绍的时候哼歌。

吉本：在那种毫无通融余地的时候呢？

河合：那我一定会偏离出规则。因为厌恶，非常厌恶。

吉本：那您会想，比如在山里建一座叫"河合隼雄××中心"，自己决不出去，只等别人来吗？

河合：经常会想。其实谁都不来也行，不知道幻想过多少次一个人的生活了。

吉本：好极端啊。

河合：现在要在山里建别墅也挺痴心妄想的，现在的别墅都建在城市里。我在京都有事务所，去的时候基本是一个人。所以相反，比起专门去山里，如果在城市里能不被发现那也行。总之我就是喜欢一个人待着。

吉本：是因为您接触了太多人，所以才变得喜欢一个人？

河合：不是，我好像从小就这样。一个人会比较舒适。

吉本：您说"不喜欢都市气"，那比起在东京生活，待在关西更舒服？

河合：嗯。对东京还是有点……

吉本：那日本和国外呢？

河合：国外吧，待在国外对我来说有种特殊的舒适感。

吉本：是因为离开日本所以舒服，还是那里本身就舒服？

河合：应该是因为离开日本吧。日本人总是生活在非常日式的羁绊里。我也被牢牢困在这种羁绊里，所以喜欢在国外时那种羁绊被一下斩断的感觉。吉本小姐呢？有感觉到羁绊吗？

吉本：有啊。不光是"有"这么简单，我觉得精力的百分之七十五都用在摆脱羁绊上了。

河合：哈哈哈……真的？

吉本：今天很想认真聊聊您是怎么看待它的。

河合：怎么说呢，虽然我们现在这样想，但如果这种羁绊突然之间消失了，可能反倒会觉得寂寞。

吉本：不会，（笑）绝对不会。不过现在正是社会意识发生剧变的时代，您这代人和我这代人之间，我这代人和下一代人之间。所以，是一个恰好没有固定模式的状态……

河合：很难看清，可以说是在剧变也可以说是什么都没变。那种日式的羁绊，从没变过。

吉本：这种从未改变过的日式羁绊到底发挥着什么作用呢？它究竟在支撑着日本的什么？

河合：它只能用来支撑没有能力的人，成为他们的强大武器。

吉本：原来是这样！

河合：日本的犯罪很少，挺安全的吧。这也算是它的功劳吧。

吉本：也就是让社会有效地运转……

河合：文化总有正反两面的。

吉本：这确实是正面效果……

河合：对，在这点上我也确实说不出什么坏话。

吉本：弄明白了！真的好复杂。

河合：比如，我们这行经常见到，公司里有一个精神上出了严重问题的职员。因为欧美多是雇佣制，所以能随时把他解聘，这个人会在短时间内突然陷入生活的困境。但日本的公司不是雇佣制[1]，所以他还是能留在公司，而且可以得到周围的支持。能力很差的人也能得到支持。这种力量非常伟大。这个人如果慢慢恢复了，就继续工作。我看到这种案例也会觉得"其实它也挺好的"。不能一概而论。而一个非常照顾我的很优秀的国外教授因为重病被解聘了。

吉本：好残酷。

河合：很残酷。所以他不得不卖掉自己的房子，这些都是一瞬间的事，就这么眼睁睁地看着它发生。可能在日本也有这种事，但过程至少会比较缓慢。

吉本：其实感觉现在日本社会的所有人都紧绷着，没有空隙。

河合：可以这么说。

---

[1] 日本公司多是终身雇佣制，不能随便解聘员工。

吉本：所以我觉得跟以前比，好的东西减少了，恶的东西增加了。外资企业不断地进入，美国式的或者说欧美式的，没有能力就抛弃的那种价值观……

河合：日本式的羁绊被切断，又无法掌握欧美式的人际关系，因为那毕竟是跟我们没关系的东西。欧美人可以在这种关系里游刃有余，但日本人实在无法理解。现在的日本家庭就跌入这个裂缝里，越来越糟。

吉本：是啊，变化太剧烈了。

河合：抱有这种全新家庭关系的人一片迷茫，拼命地想斩断羁绊。

吉本：处在其中的就是我这一代人。

河合：真的很艰难。

吉本：我真的非常认真地在思考这件事。

河合：我也在想怎么去描述会比较好。比较粗暴的描述方式是那些开心地说"还是过去好"的人。

吉本：究竟是"还是过去好"，还是"应该斩断羁绊"？

河合：究竟该选哪个呢？极端一点说的话，那些说"还是过去好"的人，等于是在说"还是思修课[1]好"。以前的大家庭很好，但并

---

[1] 原文写作"修身"。日本旧制中小学道德教育学科的名称。目的为形成以忠孝品德为中心的国民道德意识。始于1872年（明治五年），止于1945年（昭和二十年）。

不是什么都好。相对地，说要斩断羁绊的人其实已经在处理家庭关系中感到精疲力竭。这之间，应该有一条恰到好处的线。我为了去描述它费尽心思。我不想一直重复说一些陈旧的话。

作家的位置

河合：之前吉本小姐说自己经历的百分之七十五都用作斩断羁绊了。这羁绊到底是什么？

吉本：我确实有一些特殊情况吧。在国外，作家是一个职业，跟"教授""主妇"之类的一样，女性也可以仅仅作为"作家"而存在。如果被问道："您的职业是？"可以直接回答"作家"，对方也会回答"这样啊"，很自然。这样一来，自己就可以有一个自己的位置。但是日本却不行，这在日本是一个很艰难的事。

河合：是吗？

吉本：我最近总在思考这件事，可能是到了年龄了。

河合：相反可能是因为吉本小姐还太年轻。

吉本：我觉得不是。

河合：日本也有仅仅作为"作家"而确定自己存在的女性啊。

吉本：其实意外的是并没有。就算濑户内寂听[1]老师也不是因为是作家，而是因为其他方面的成就被大家熟知的。我觉得日本没有真正意义上的女性作家，当然在小饭馆被随便叫"老师"那是另外一回事……我是说在社会上真正因为自己的著作被承认被奖励的人，是没有的。

河合：是这样吗？

吉本：我这种感觉非常强烈。被问到"作家的工作是什么"时，回答"写小说"应该就像"我是公务员"一样的事情才对，但总觉得这件事情被异常化了，好像个肿瘤，是被特殊化的，虽然我并不能具体说清。我觉得一些男性作家应该也思考过这件事。一些新人作家，在文坛消失以后的村上春树、村上龙先生的后辈们应该都有……有种走向黑暗的感觉。

河合：文坛就是羁绊的别名嘛。确实是消失了，得加油啊。

吉本：嗯，努力着，然后消失了。我刚写小说的时候，记得还有"入职仪式"的。

河合：现在已经没了吗？

吉本：没了吧。可能也有，但我没遇到过。我那时候才二十七岁，由着性子做事，所以惹得公司不高兴，也就随便糊弄过去，结果

---

[1] 濑户内寂听：出生于1922年5月15日，日本小说家，僧人。

渐渐就不叫我参加了。（笑）

河合：那感觉你还是带着上一代人那种文坛意识。

吉本：但这不是想获得一种社会保障，而是获得一种"位置""地位"，是一个让你获得"位置"的集体。从这个角度来说非常有用，但对现在这代人来说或许很难，需要费很大工夫才行。如果我之后跟很普通的公司职员结婚，过上三口之家的生活，社会对我的评价就会好得多。如果日本有"始终只靠写小说活到七十五岁的人"，那社会只会觉得这人"很可怜"，或者"很独立"。不是正面意义上的独立，而是"可怜人"的代名词。所以职业到底是什么呢？比如我去欧洲就不会有上面说的那种感觉，因为相似的人很多。就算有人说"那个阿姨是不是有点奇怪啊"，只要说"她是作家"，对方就会"啊，那就没什么了"地接受。但在日本绝对不行。

河合：在日本，一个人独立生活是非常难的。

吉本：在夹缝中努力抗争的感觉。我看奥运会的时候也是这种感觉。

河合：运动员也在拼命甩掉羁绊……

吉本：处理好和周围人的人际关系也很费精力。

河合：是会有那种让人费神的人。

吉本：总之周围的人总是会说一些什么"有个堂兄来玩，过来见一下吧"之类的。

河合：这么说来，日本的政治家也都是这样。政治家基本没在管政治的事儿，而是把精力都费在各种羁绊上。大家都说"日本没有政治家"，但认真的政治家，才不会当选呢。选票都是靠人际关系嘛。

吉本：今后会有改变吗？还是说保留下来会比较好……那又该保留多少呢？

河合：这个很难说啊，我觉得丢掉这种羁绊，大家会去思考出一套更好的系统。

吉本：说不定可以。

河合：但是思考出来的系统，还不一定能派上用场。经常会有差错出现。不光是政治上，教育上也是一样。

吉本：所有人都自然地去思考，最自然冷静的地方会有恰到好处的东西出现。

河合：现在大家的脑袋越来越好使了，但某种程度上越精选的知识，其实离现实也越远。这种时候，面向现实去思考是非常需要勇气的。如果站出来说"虽然你这么说，但其实事实不是这样"，一定会被骂"你胡说什么"。虽说日本人会根据情况决定说真心话还是场面话，但大家却都不擅长区分真心话和场面话。

吉本：从我这一代人开始变得非常糟。没有什么规矩。

河合：嗯，在这方面很笨拙。而且日本的规矩大多都是不成文的。不成文的特别多。

吉本：是啊。而且这种规矩的丧失不是积极意义上的，我应该以后都会思考这件事。并不是说依靠别人对自己的评价而生存，评价不好也没什么，但如果评价真的很差，还是会在心里留下一些东西。

河合：对对。

吉本：好复杂啊。

河合：就算说"不介意"，但还是会介意。

吉本：是啊，在某种程度上……

世俗的压力

吉本：我从小学到初中都很不擅长使用社交辞令。比如常用的那几句"今天天气真好啊""喜欢今天的天气吗"之类的，我一句都说不出口。也因为不会说，现在我都举不出几个例子。（笑）

河合：确实。（笑）

吉本：比如，不是有那种对话吗？"喜欢抹茶还是咖啡啊""刚好我知道一家超好喝的咖啡馆"。我要是说了这种话就感觉自己灵魂要出窍了，会产生生理上的厌恶感。高中的时候最严重，甚至觉得"没有活着的意义"，完全不想参与到世俗生活里。

河合：但也有人非常擅长。

吉本：是啊，也有人乐在其中。

河合：那是他们活着的意义。

吉本：我真想说"那就只让那些擅长的人去做啊"，但这个时候之前所说的"羁绊"就会来插手……

河合：我变得很会开玩笑也是因为这个，开开玩笑又不会有什么损失，开会儿玩笑时间就过去了。

吉本：处世哲学。（笑）

河合：对。虽然想着其他事情把时间耗过去也行。

吉本：算是一种自我保护吗？

河合：算是。

吉本：这么说起来，我跟关西的朋友在一起都特别开心。聊天也开心，就这样待着也开心。

河合：其实是因为关西腔里能藏下很多真实的感情。

吉本：是啊。

河合：那挺值得庆幸的。

吉本：东京那些社交辞令也不知道从哪儿来的，因为这里什么人都有，所以倒是真正意义上的社交辞令。

河合：有点像美式聚会。

吉本：还不如美式聚会呢。

河合：许多美式聚会也很无趣的。

吉本：总之我们要是说了实话就会被人讨厌，好像成了什么"野蛮人"。

河合：我身边倒是都聚集了些说真话的人。

吉本：如果有这样的朋友，那我也可以去忍受虚假的世俗。

河合：对对，真的非常庆幸。家庭方面也是，职场方面也是。

吉本：高中是我最苦恼的时期，也会想"错的是不是我"。比如大家为之开心的事情，我完全无法理解，会怀疑它存在的意义……很像以前看过一部叫《夺宝奇兵之魔宫传奇》[1]的电影里印第安纳·琼斯躲在树丛中看其他宗教祭祀时的心情，对那些人为什么笑、为什么开心完全无法理解……和高中时候的心情最接近的就是去野外采访时看到宗教仪式的感受吧。（笑）那个仪式上大家都"哈哈哈"地笑着，但我只觉得莫名其妙。大家都唱着歌，而我连那歌都唱不出口，那种孤独的感觉就是高中时自己每一天的心情。

河合：社交辞令也是一种宗教。因为吉本小姐本身很强大所以可以超脱出来，但弱小的人……

吉本：我觉得很痛苦。

河合：当然会痛苦。会因为这个变成家里蹲，被当作异类，被欺负……这样的人很可怜。

1　《夺宝奇兵》系列电影的第二部，斯皮尔伯格执导，1984年上映。

吉本：我也经常被欺负，也有软弱的地方。

河合：欺负你的人觉得不消灭异教徒不行。

吉本：我就算被欺负了，也就笑着糊弄过去，要不就逃跑，总之能过去。所以我对学校基本没有什么美好的记忆，最强烈的印象是"学校在不停地挤压我"。我想看看不去学校自己会怎么样。可能并不会变得很优秀，但也不会留下那些记忆吧，总之学校是个让我痛苦的地方……所以哪怕只是想想要再踏入学校那种地方，我都会紧张害怕。我觉得这已经变成一种精神疾病了，很害怕如果我的人生里要是再次出现学校这种东西……高中的话，大不了逃课，但到初中为止都没有什么开心的事，痛苦就是日常。

河合：当时找谁倾诉了吗？

吉本：我自己都没有意识到我已经那么痛苦了，一根筋地感到不能不去学校，实际上很痛苦。被问到"就没有好的方面吗"，也能回答"有"，但好的部分绝不是因为学校。真的不知道像我这样的人都是怎么过来的。

河合：我经常在做咨询的时候遇到这样的人。其实脑袋很清楚，但就是无法融入集体，跟吉本小姐刚才说的一样。有的人跟你一样严重，已经完全发展成疾病，等治疗好了会再返回社会。他们最苦恼的就是之前那种社交辞令。

吉本：果然是这样。

河合：他们可以工作，很聪明，所以工作没问题，但人际关系一团糟。比如，有人会进精神病院。如果在公司被问到"您住哪里"时，他们没法撒谎。所以整天提心吊胆地担心被问，因为日本人最喜欢打听别人的事情。

吉本：跟这很有关系。

河合："您从哪里来啊""一个人吗"之类的，明明就没什么好问的。而且还敷衍不了。说起来倒有个例子。我的某个患者下雨天的时候被搭话说"下得真大啊"，当时他看了一下外面，确实下得很大。他就问我"这种时候我回答'是啊'应该就可以了吧"。如果外边没下雨，对方说"下得真大啊"，大可回答"没下雨啊"。可外面确实在下雨，对方说"下得真大啊"，那不根本是理所当然没什么好说的事情嘛。所以他才问我"这种时候到底应该怎么回答"。他当时就只说了一句"是"，然后就沉默了。对方就一副"这人怎么这么奇怪"的表情。于是对话就尴尬地僵住了。所以你看他们其实都很有能力，但会因为这种事情重新来咨询。我要面对的就是这样的一群人。我得告诉他"如果别人说'下得真大啊'，你只用说'下得真大啊'就行了，或者说点无关紧要的事也行"——就得从这么基础的地方开始重新学。但还是有可能在什么地方卡住。他们的压力，那种想"像正常人一样生活"的压力是非常大的。

吉本：对啊。

河合：所以你一旦脱离那个系统，想要再进入就会非常难。只有始终跟大家在一起生活，那种东西才能像鱼生活在水中一样自然，一旦你要从外部进入，就会感觉到水的巨大压力。

吉本：我懂了！这么说的话，我如果没有写小说，现在肯定也在哪家医院待着。因为我始终觉得自己站在一个崩溃的边缘上。

河合：但如果不是这种极端的境遇就无法创作。如果真的要创造出什么的话……不光是小说，绘画、诗歌也是一样，必须要被逼到绝路上。不到那种拼上性命对抗压力的境地，就无法创作。

吉本：对。

河合：有一个不上学的孩子给我寄过他写的诗。那里面有非常鲜活的不去上学的初中生的心情。但要我说，那并不是诗。该怎么去形容呢，看了之后你确实能了解到"原来是因为有这样的感觉，所以他才没法去学校"。那孩子想把写的东西出版。

吉本：这……

河合：但那并没有达到可以出版的水平。可以出版的诗，需要拼上性命。而那些真的拼上性命写作诗歌的人里，也确实有人写好后就离开我们了。实际上，如果真有十三四岁就写出了惊人作品而赴死的人，那一定是经过了非常极端的斗争。不到这种程度，也可以很顺利地写出"好痛苦，想去远方"这种句子，其他没法去学校的孩子看到也会觉得"写出了我的感受"，但毕竟没有达到书的高度。我是这么认为的。

吉本：对这些人来说，幸福就是能重新回归社会吧。

河合：我不知道是不是幸福，但能回归总不是坏事。但如果为了回归而扼杀自己那也没什么意义。

吉本：是啊。

河合：扼杀自己的回归是没有意义的，所以我们的工作真的很困难。

吉本：确实是这样。

河合：不把回归社会当作目标。最初的目标是"活下去"，接下来的目标是"怎么回归社会"。所以我有时会跟来访的人说"不要勉强自己那么拼命地工作""你活在世上这本身就是一件了不起的事情"。这真的是一件伟大的事情。有时候会有人跟我说"我在领救助金，对社会没有任何用处"，我就会跟他说"你现在来见我，就已经是对社会的贡献了"。是吧，但他们的生存方式……

吉本：反反复复……

河合：对，反反复复地回到我这里，也在别的地方反反复复做咨询。

吉本：其实病情比较缓和的人，也经常有这样的烦恼，觉得自己"对社会没有贡献"。因为这种负罪感，所以想正常地参与到社会生活里，比如稍微打一点零工，在店里帮一点忙之类的。这种心理到底是怎么产生的？

河合：现代人都得了一种叫"社会"的病。本来我们没有必要非得扮演一种社会身份。最妙的是，有人觉得只要出去工作就算是对社会有贡献。那算什么贡献，只是在积攒财富而已。我觉得"那种东西没什么了不起"。人们都说走出社会，但社会这东西到底存在不存在？而且为什么就非得做贡献？这里面的问题太多了。

吉本：这种虽然很讨厌但是我必须这样做的心情，到底是怎么产生的？

河合：流行，现在的流行病。

吉本：（笑）

河合：以前没有这种流行病。以前流行的是为天皇赴死，每个时代的流行病都不一样。

吉本：原来是这样。

河合：现在流行的是这个。我觉得还会变。有人能顺应时代精神走过自己的人生，他们的人生会很顺利。因为人家顺利，就说人家"肤浅"，其实很奇怪。我最近觉得因为他们符合时代精神，所以就应该顺利。我身边不都是和时代精神相悖的人嘛。以前我看到他们拼命努力生活的样子，再看看那些顺着时代精神平步青云的人，会觉得生气，会觉得"那些家伙只会流于表面"。但仔细想想，那不是流于表面，他就是和时代步调一致而已。

吉本：只是偶然地顺利地与时代相一致。

河合：以前不知怎么就是会生气，现在倒觉得也挺好的。适应现在这个社会的人在战国时代不也是一团糟嘛。这是没办法的事。宿命而已。

吉本：嗯，好像真被说服了。（笑）

决心

河合：吉本小姐的青春期也很痛苦吗？

吉本：其实现在也很痛苦。（笑）

河合：那围绕在自己周围的那种东西一直以来都没有变过吗？

吉本：嗯，是吧。而且我也没有觉得它影响了我的创作。它对我只有消耗。

河合：单单只是消耗，还是有助于创作，这个挺值得研究的。

吉本：是啊。哦，不对，应该回答："是吗？"（笑）

河合：比如说，吉本小姐因为把百分之七十五的精力都用在创作上，所以远离社会。

吉本：很想这样。

河合：但可能用百分之二十五，就能吸引读者了。（笑）

吉本：要是为了人生，这样可能不错。

河合：所以很难判断。

吉本：不过我还是想投入百分之七十五。

河合：我非常理解。

吉本：但又不是想跑到孤岛上生活。我是为了那些处在崩溃边缘的人而写作。为那些虽然看起来很普通但感受力极其敏锐的人。

河合：有很多人他们不知道自己为什么处于眼下的状况，甚至不知道自己处于什么状况。会觉得"我也搞不清楚，但就是很痛苦……"或者"我也搞不清楚，但总觉得自己完蛋了"。这些人读了你的作品会很有共鸣。

吉本：会觉得安心了。

河合：对对，会觉得安心。觉得"就是这种感觉"。我觉得这种人会非常多。

吉本：但相对地，他们看的时候也很有可能会想"因为对方是吉本芭娜娜所以才能写出这些作品"或者"她不像我们活得这么普通"。所以倾注到作品里的力量如果不能超越这种特殊型，那还是不行。这对我来说是很重要的主题。怎么说呢，我偏离所谓的普通生活已经十二年了……当作家也当了十二年，（笑）"普通"的部分已经日渐稀少了，这可能是环境所致吧。我一路都是努力保持"普通感"活到现在这个年龄的。结果因为这种心理而不去参加社会活动，比如地方活动之类。慢慢地,自己的身份变成了既不是艺人又不是文化人的边缘状态。而且作为女性,总有诸如结婚、生子、入户这样的沉重压力。我到了这个年龄才开始觉得"必须把这种忧郁放置在与创作无关的生活里,否则自己就会变成那种怪异的作家"。还像个年轻人一样喊着"自由、自由"很简单,但如果要写出让自由在其中呼吸的作品,自己究竟该处在日本社会的什么位置呢?

河合:这确实是该讨论的问题。

吉本:必须严肃思考这个问题了。我觉得一直以来这种假装普通人的做法是错的。比如正常倒垃圾就倒垃圾,去超市就去超市,这没什么。但在出租车上被问到"您是做什么的"时,撒谎说"家庭主妇",就有点过了。我一直以来都觉得这种时候"别说真话比较好",但最近想法变了。过于想避免被当成文化人或者艺人,十年后的今天,只获得一个"没有没有,我只是不值一提的人"这样的注脚。我觉得从现在开始……

河合:不能不创作,必须去创造东西。

吉本:我必须变得能用那种正值盛年的坚定语气说出"我是作家",想待在能说出这句话的地方。在日本的话,我总觉得……如果在国外,"那个人是干吗的""听说是作家""这样啊",这种对话会很正常。

河合:村上春树先生不是也去美国了嘛。也是出国。

吉本：心情会变轻松。

河合：好像是会。嗯，确实。

吉本：但我不确定自己是不是误会了，因为从普通人的角度看春树先生是很特别的。会跑四十公里之类的，明明没被逼着，却这么坚持，这么认真写作，虽然大家都想约他的稿啦，（笑）竟会写一两千页。觉得他真的很拼命……但我其实没有见过他。

河合：他特别有趣。

吉本：我印象里他是很内向的，很有独生子的特质，或者说有自己的私人领地。如果在街上遇到他，肯定不会觉得他做的是非常普通的工作。会觉得是不是手艺人，或者在做什么特殊工作。但这种气质，在日本其实是很容易招人讨厌的，这里的人不会觉得"奇怪就奇怪呗，有什么不好"。

河合：日本人就是很爱对别人说三道四。大家也整天对周围人问东问西。

吉本：比如说我因为想事情，所以埋头走在路上，如果见到邻居认真地打招呼，比如"早上好""天气不错啊"之类的，大家会觉得这个人不错。但我会觉得如果做了这件事，那后面也就没完没了了。也不是说我真的极其烦恼这些，但确实是我现在思考的一个中心吧。

河合：那既然有了这种疑问，吉本小姐打算怎么解决呢？

吉本：当然最好能找到一种折中的方法吧，但某种程度上现实并不允许这样，所以选择对这些东西视而不见也是没有办法的吧。我觉得很奇妙。周围的人，比如龙先生、春树先生还有山田咏美先生不是都讨厌这样的事情嘛。跟艺人们开跑车戴墨镜那种让人一看就不一样的"特殊"不同，但真的是很难普通地生活。

河合：还有那种自己开飞机之类的人。

吉本：对。我们没有像富豪一样的极端特征，从外表看就知道不一样。总觉得日本给作家的生存空间太小了。最近我一直在思考这个问题吧。

创造力

河合：总之因为日本是个很世俗的社会，这对依靠创造力的工作是非常不利的。从事创造的人又必须立足在这样的世界，手脚都困于其中。所以在这样的环境里去保护自己是非常困难的，但作家们还是在努力这样做。日本是一个创造力很难浮出水面的社会。不仅对作家，对学者也是一样。

吉本：音乐也是。

河合：什么都是。

吉本：所以大家都出国了，去留学什么的。

河合：是啊，在国际上活跃。

吉本：您没有想过干脆去国外吗？

河合：没有。我的思维一直很乡土，无法离开日本的土地。我也不是那么有创造力的人。我自己很清楚这一点。但我很会附和那些有创造力的人，也很会在外围围观起哄。（笑）我属于"第二产业"，"第一产业"就交给别人吧。吉本小姐呢？要去国外生活吗？

吉本：嗯，想过。

河合：是因为这里羁绊太多？

吉本：是啊。

河合：但麻烦的是，就像我们刚才说的，在被逼到极端的时候反倒会一下子催生什么。如果去了国外，心态放松了，说不定会变得无法写作。

吉本：我觉得不会，应该没问题。（笑）那种极端状态一直都在自己的内部。

河合：那怎么现在没有具体开始实行呢？

吉本：因为父母年纪大了，我也被绑在生活里了。（笑）还有就是我毕竟用日语写作，是为了日本人用日语创作，如果与这个疏远太多，写的东西也会变。觉得现在还不是时候吧。等我到了那个年龄，不管在哪里都能写出同样的东西的时候，可能就会离开了。而且如果作为旅行者可以去其他的地方，那生活在日本也可以。就算在国外定居了，移民了，那也会有同样的问题。总之就是不停地迁徙。

河合：其实吉本小姐的书很多都被翻译到国外了吧。

吉本：是，也因为这个所以有机会去不同的国家，目前正在权衡住在哪里比较好。

河合：日本是一个牺牲个人创造力保全集体安全感的社会。

吉本：是啊，但这样也有这样的好。

河合：对。这样的模式也有非常好的一面。

吉本：问题就是被牺牲的那些人的声音无法被听到……

河合：很艰难。

吉本：我觉得想当作家或者运动员，就必须是非常强、非常有韧性的人才可以。肯定很少有心智迟钝的人，所以会非常艰难，宗教也是。

河合：所以在日本就算没有能力，也能很轻松地靠虚张声势活下去。其实大家都知道每个人都是没能力地装腔作势而已，更变本加厉地装腔作势说着"过奖过奖"……日本人非常会这一套。创造力是一种很敏感的能力。嘴上说着"以和为贵"是创造不出什么的，要去摧毁那个"和"。

吉本：虽然我朋友很少，但基本都是个性强烈的人。如果聚在一个房子里，会非常费脑子。（笑）所以我也不想去所有人都创造力旺盛的国家。（笑）如果真有这种国家的话，（笑）还真不想去。

河合：在这种团体，如果不是如鱼得水就是完全无法忍受。

吉本：所以一般不会聚在一起。（笑）只要两个小时，所有人都会累倒。（笑）笑得太多，或者说能量消耗太多，空间太密闭，会觉得"啊，好累啊"。（笑）大家的思维都太敏感，没有丝毫钝感。

河合：偶尔聚在一起，如果不能很好地处理就没法长久延续。虽说经常说什么"精英主义"，但一个全是精英的团体是没法长久的。彼此都太累了。和不是那么精英的人混在一起反倒会很和谐。从社会发展的角度来看或许精英主义很可行，但我一直都觉得"说起来容易，做起来难"。

吉本：是。大家的个性直接碰撞在一起，没有喘气的间隙。

河合：即使在这样的团体中，也有人扮演着迟钝的角色。音乐家拉威尔[1]有一个日本朋友，拉威尔非常喜欢这个人，他们的友情持续了很久。我们都会想那得是个多优秀的人啊，但其实他没有什么优秀的地方，所以才正好。有一些人正是懂得这一点，因此得以混入充满创造力的团体。如果没有这些人，就像刚才说的，会被充塞在团体里的敏感刀刃砍伤。那里需要这种迟钝的人，但会有人因此误以为自己也是一个充满创造力的人。这样想只会引起悲剧。

吉本：啊，人类太复杂了。

河合：所以，能很好地践行自己的角色最好，但人们常常做不

---

[1] 约瑟夫·莫里斯·拉威尔（Joseph-Maurice Ravel，1875年3月7日—1937年12月28日），法国作曲家和钢琴家。

到。他们会喊着"老子可是什么什么圈子的""我认识谁谁谁"之类的,这就危险了。

吉本:我的朋友里也有其实没有做什么特别的事,却被大家依赖的人。跑到喜欢的地方去生活,比如日本、法国,靠零散打工维持生活,却被周围的人需要着。仔细想想那人并没有创造出什么来,也没有正式的工作,但现在觉得他非常厉害。

河合:有这种人。

吉本:果然世界需要这样的人。

河合:感觉是天生的催化剂[1]。催化剂本身不产生变化,但没有它反应则无法成立。我觉得我自己也是催化剂,作为催化剂写了很多书。但本身不会变成毒药也不会变成残渣。(笑)我的才能就是"做一个催化剂"吧。

吉本:虽然什么都没做,也没工作,却能带给别人幸福,这样的人有很多……如果社会变得让这样的人能轻松地生活就好了。不是也有人会因为太严肃认真而得病嘛。

河合:对。

吉本:虽然也不能算作安慰,但跟他们说"父母都有工作,你还年轻,就算住几年院也没什么",对方就会回答"不,不能这样。想

---

1 化学用语,又称触媒,能加速或延缓化学反应速度,而本身的质量和性质并不改变的物质。

快点康复，快点去工作"，一这样想反倒有可能越来越严重。所以，如果能从心里放开这种罪恶感，说不定反倒能康复。我收到过写着"我现在在医院，觉得自己净给父母添麻烦，真想去死"的信。但就算我回信"父母不会觉得你这是添麻烦"，也无济于事。大家都太严肃认真，所以才会得病。这是日本特有的一种现象。

河合：这种真的是过于认真了。但也有人会在这种时候明白"认真严肃"是个很可疑的东西，会觉得"现在什么都干不了，连唯一的认真特质都不配了"。

吉本：（笑）

河合：真的是什么长处都没了。（笑）

生于这个时代

吉本：之前您说时代不同，生存方式的主流也不同，难道不是因为年龄不同吗？

河合：是时代不同。我基本上对年龄论没有兴趣。我的职业就是这样。我关心的是始终一成不变的那部分东西。如果会变化，那正是因为它不够关键。可以说日本人从神话时代以来就没怎么变过。其实哪个国家都是一样，人类变化的速度是非常缓慢的。

比如，不论哪个时代，年轻人都会对长辈造成威胁，否则就太无趣了。至于威胁的模式则千差万别。江户时代，旗本[1]的儿子们不也不务正业。这和现在奇装异服的年轻人没什么区别。有句话不是常听到嘛，从几十年前开始就不断有人苦口婆心说"现在的年轻人啊……"。反抗的模式因为时代而不同，但不变的地方终究是没变。

吉本：但现在这个世界已经不会有人在死刑场看热闹起哄了啊。以前不是很普遍吗？这就是变化的地方啊。

河合：但代替这种行为的是更隐秘的谋杀。比如泡沫经济崩溃的时候逃避责任，让中年男性承担所有的后果，以致把他们逼到自杀的行为，这不也是谋杀吗？这种谋杀日益增多，人们依旧在看热闹起哄。

吉本：在内心深处。

河合：对，内心深处想的还是"弱者只有死"。实际上就是自己在实施谋杀。过去那种现实生活中可以看到的杀戮确实减少了……

吉本：变复杂了。

河合：拍手喝彩这种行为确实没了，但内心还是在为杀人叫好。我是这样认为的，大家一直在做相似的事。

吉本：那真的是没怎么变呢。

河合：嗯，我是这种观点。过去的形式是肉眼可以看到的。

---

[1] 日本江户时代俸禄在一万石以下、五百石以上的直属将军的武士。有拜谒将军的资格。

吉本：比如斩首之类的。

河合：现代人是不那样做了，但如果探寻内部……比如现在是没有"弃老山"[1]了，但其实还是做着相似的事情。说着什么"爸，有家不错的医院"，然后把老人扔过去。（笑）看起来是在尽孝心，实际上……比"弃老山"还过分的是，被抛弃的人可以哭，可以发火，现在非但不行，还得说"谢谢""让你费心了"。虽然他们心里肯定想骂"浑蛋"。过去的做法还比较光明正大呢。所以说这种内核是没有变的，只是以前的方式比较简单粗暴。今后，人类社会会不断增加隐秘的杀戮方式和控制方式。

吉本：是啊。

河合：看起来好像没有被控制，很自由，也没有混乱，但其实内核是一样的。所以，对那些被迫站起来反抗的人，实际上是在进行莫名其妙的谋杀。虽然社会把他们塑造成十恶不赦的人，但事情没有那么简单。以前不是有个名古屋的少年勒索了别人五千万嘛，媒体就喋喋不休地数落。报社记者来采访我时，我就说"也没那么严重"。五千万的金额就被说成这样。明明用别的手法搞到两千亿的人，在日本也大有人在。之前说的那种模式在这里又出现了，犯下五千万案子的人成了话题，被说得很恶劣，但在说他的人里，其实有更坏的人。

1　公元7世纪以后流传于日本各地的风俗，指将年老的父母背到深山遗弃。深泽七郎的小说《楢山节考》即据此创作。

所以要说没变还真是没变。换句话说，形式变得更灵活了，所以很想阻止这种倾向。

吉本：我觉得现在是一个对作家来说"如何生存"与"如何写作"已无法区分对待的时代。或许稍早一些，二十年前，还稍微轻松一些……比如一个三十多岁的空想家整天把梦游一样的东西写成书也能混口饭吃。但现在不行了。变成现在这样到底是外部原因还是内部原因我也不知道，但能清楚地感觉到。所以，如果读者在读作品的时候，不能感受到自由，那作家就没有存在的意义了。这里说的自由中不只有好的情绪，也有不好的情绪，甚至包含恐惧和厌恶，总之必须去写这样的自由。如果不这样，那阅读只是打发时间而已。我看到年轻人的烦恼后觉得，把目前为止自己写的东西继续写下去是不行的。那种烦恼或者说痛苦传递给了我，那种非常痛苦的感觉。可能有人会想"也没有说得那么夸张吧"，但就是看不到希望，非常痛苦。所以脱离现实，写一些白日梦一样的东西是不行的。必须去诉说那种感觉。我也不知道为什么现在自己会这么想，可能觉得不这样的话就得不到那些人的认可。就是这种感觉。

河合：诉说的不是"到底该怎么办"的感觉……

吉本：不，就是"到底该怎么办"的感觉。所以，究竟该怎么办呢？

河合：继续朝着那个方向写下去……

吉本：对啊。但如果这样写下去，就会变得失去国籍，超越年龄和时代。如果真能到达那个境界是最好的。有生之年想写出寓言一样的作品。一边用百分之七十五的精力处理各种羁绊。（笑）

河合：已经超越国籍和年龄了吧。不是也有很多年长的人在读吗？

吉本：也是，尤其是在意大利。

河合：对嘛。我是这么觉得。

吉本：举个例子，比如说有个登山的人在山上的小屋里留宿了一晚，刚好那里有我的书，所以就读了。封面也破破烂烂不知道是谁写的，总之就是非常沉迷其中读完了，觉得"写得真好啊"。然后第二天继续起程，书的事也完全忘了。再去旅行的时候，看到夕阳，突然想到"哎？我之前是读了一本书吧，是有这么回事吧""我确实读了那本书"。虽然只是这样一瞬间的小事，但想写出这种能留在内心深处的东西。这是现在的目标，不是那种仅仅停留在意识层面的目标。我呼吸着这个时代的空气，万幸能接触到日本的年轻人，所以想为这些陷入困境、遭受痛苦的人写作。希望他们读了以后，能感到自己一直以来遭受的痛苦稍微变轻了。大声喊着"改变社会"不是我的工作，也不是我的目标。太过认真严肃地去思考这些问题会变得非常累，自己也想适当地在生活中放松一下。但我想更认真地对待小说。

二、往来书信"请回答我的问题"

吉本芭娜娜写给河合隼雄：

我见过河合老师以后能真切地感觉到他不仅拥有让人信赖的强大内心，而且拥有身为专家的严格认真。

就像美国土著部落里被尊敬的长者，只要我想到河合老师，就能理解那些人为什么对部落长者那样敬畏、尊重又爱戴。河合老师无论什么时候都是无懈可击、温柔可靠的。

现在可能没人会拿一些无关紧要的问题问河合老师吧。我想问的东西可能真的很无关紧要，所以如果有您不感兴趣的问题，随便写一两句或者不回答甚至写上"没兴趣"都可以。我要问的问题大部分都跟心情感受相关。

我之所以想问这些很私人的问题，是因为听了您的长笛演奏。对先生高大的身材来说，长笛显得太小巧了，但传出的是既悲伤又温柔、既深邃又纤细的声音。

我不擅长聊天，一直无法准确表达自己。这次也是，很多时候都没有传达出自己的意思。我认识的所有人都喜欢河合老师，尊敬河合老师。所以只是见到您对我来说就非常满足了，这是我的真实感受，就算再全身心地和您交流也完全不够。如果我到了河合老师的年纪，也能让年轻人有同样的感觉，那我就非常感激了。

但现在我能做的唯有提问。这份问题是我写给河合老师的情书，但没有一点情欲的味道，只有感谢。

吉本芭娜娜

河合隼雄的回答：

谢谢你提了这些问题。我看到它们的第一反应是我好像是个很中庸的人。因为我基本上对很多东西都没有明确的喜好，非要说的话（尤其是讨厌的东西）也有，但不是"我讨厌什么什么花"的那种讨厌，而是一会儿讨厌一会儿喜欢，反复不停。

所以，我可能回答得不是很好，但确实都认真思考了。我毕竟还是个很认真的人。

问：（吉本）到目前为止看过的夕阳里有印象很深的吗？分别是在什么时间地点呢？

答：（河合）日本快战败的时候，我在东京上学的哥哥（紧挨着我的哥哥河合迪雄）硬是回了老家。我们两个人在夕阳下散步去筱山城。在夕阳下，所有的东西都染上了紫色，哥哥一边看着壮丽的夕阳一边说"这应该是我们最后一次看夕阳了吧"。我感受到了哥哥从空袭频繁的东京赶回家的决心，他说"我还是怕死啊"。我当时什么都说不出来，只是沉默地站在筱山城的城墙上看着太阳落下去。那是我一生都无法忘记的夕阳。

问：喜欢的花是什么？如果有原因的话也请写上吧。

答：花都挺喜欢的，没有特别的种类。

问：如果让您在大自然中尽情地吹长笛，您会选什么地方呢？高岗？草原？还是什么特别的地方？会吹什么曲子呢？

答：就算在大自然里吹我也不会吹得多流畅的。所以应该还是会在室内，在自己的房间里吹吹日本的童谣吧。

问：至今您住过的国外旅店，有特别中意的吗？不用说具体的名字，只说国家和氛围就可以。

答：意大利阿西西的一个小旅馆。名字不记得了。因为阿西西这座城市本身就很棒，所以在那里悠闲地待上一个月，思考明慧[1]上人和

1　明慧（1173—1232），日本镰仓初期的僧人，本名高辨。钻研华严宗和密教。被公认为华严宗中兴之祖。

圣方济各[1]就挺好的。

问：听到"幸福"这个词，脑海中浮现出的氛围、景色、颜色、感觉……什么都好，浮现出的那个东西是什么？

答：和家人一起喝酒、吃饭、乱开玩笑的情景。

问：有没有和动物有关的记忆？

答：中学的时候有个很喜欢解剖青蛙的生物老师，每节课都要我们带青蛙来。我很讨厌所以就故意不带，但总忘的话会被老师骂，所以偶尔会带。就算带了也会想办法拖着不解剖，下课了去校园里放生。希望我死了以后下地狱进血池，青蛙可以来救我。

问：喜欢海还是喜欢山，是因为什么样的经历导致的？

答：两个都喜欢。但不会去海泳或者登山，只喜欢看。

问：第一次出国的感觉和记忆是什么呢？

---

[1] 习惯称为阿西西的方济各，是动物、商人、天主教教会运动、美国圣弗朗西斯科市以及自然环境的守护圣人，也是方济各会（又称"小兄弟会"）的创办者。

答：作为富布赖特计划[1]的留学生去美国。坐螺旋桨飞机往夏威夷去的途中，为了补充燃料降落在威克岛[2]，在那里吃了早餐。当时英语很差，所以一想到从今往后必须用英语交流就全是"迎面受敌"的悲怆感。

问：目前为止，喜欢的工作场所的气氛是什么样的？

答：以前工作过的国际日本研究中心的所长室，窗外的风景很好，能享受到四季的变化。如果能有个高级沙发就完美了。

问：在对谈的非公开部分里，河合老师提到"（男女）如果彼此太喜欢就很难一起生活"，不知您还记得吗？我印象很深（因为是很文学化的观点），关于这个能多说一点吗？

答：男女之间太过喜欢，对一致性的要求就会过高。不论做什么，如果不能达到和谐一致就不行。这样的生活是无法长久维持的，也是非常遗憾的事。

问：最近一次旅行是去哪里，怎么样？

1　由美国政治家、参议院民主党议员富布赖特（1905—1995）提出的以学者、学生的国际交流为目的的计划。每年大约为4500位新人授予基金。
2　位于太平洋中西部、夏威夷群岛与关岛之间。美国的军事基地。

答：虽然总是辗转各处，但没有什么"旅行"的感觉。最近一次称得上旅行的出行应该是拜访美国亚利桑那州的纳瓦霍人——尤其是拜访他们的巫师那次。2008年8月在那里待了十天，和巫师们有过印象深刻的深入接触。那次的游记结成《探访纳瓦霍——灵魂的风景》（朝日新闻社）出版了。

问：您家附近有什么特别喜欢的地方吗？
答：附近有个西大寺，很喜欢那里的院子。因为没有什么游客。

问：分别用关西腔、英语、普通话说话时，内心会产生什么变化吗？因为我有关西朋友说"觉得整个人格都不同了"。
答：不论我讲普通话还是英语，都会被听出关西腔。照这么说，我的内心应该是没什么变化。我其实不会说严格意义上的普通话，但真的有意识去说的场合都是很正经客套的时候。

问：如果不做现在的工作，会想做什么呢？具体想做那个职业里的什么？
答：无法想象心理医生以外的工作。如果不做这个那应该是哪里出问题了。

问：有喜欢到一吃就停不下来的食物吗？

答：喜欢的食物有很多，但都没到一吃就停不下来的程度。物质匮乏的单身时期，吃到甜纳豆会停不下来，但好在也买不了那么多。

问：您见过或者感觉到过幽灵吗？或者去过光是待在那都觉得毛骨悚然的地点吗？如果有的话，能不能稍微给我们透露一点？

答：确实有人能看到或者感觉到幽灵，但很可惜我不能。也没有去过仅仅待着就让人毛骨悚然的地方。我的生活总体来说是很平凡的，虽然梦里有很多有趣的事。

问：理想中的早餐是什么样的？

答：一般不会叫餐。现在每天吃的就挺理想的，水果、手工面包、鸡蛋、香肠、火腿、芝士，每天都不一样，还有红茶。

问：泡澡的时候会随意哼起来的歌是什么？

答：虽然经常哼歌但没有什么固定的曲子。大家传言我高中就职会被校长介绍的时候就在哼歌。当然，哼的可不是《君之代》[1]。

---

1 日本国歌。

问：在日本国内有想放下工作去玩的地方吗？那里有什么？

答：想去日向的高千穗。最近在研究日本的神话，所以也想去熊野。想边思考日本人的宗教感边感受那里的氛围。

问：想问一个我挺感兴趣，但有点私人化的问题。您夫人有没有什么让您觉得"这一点值得尊敬，真伟大"的地方？

答：太多了，根本说不完。

问：觉得新干线上应该增加什么设施？

答：可以练长笛的地方。

问：有很喜欢的句子吗，遇到事情就会想起来的？我的是"顺其自然"。

答："祸福相依"，这是支撑我人生的句子。

问：喜欢的水果和与之相关的记忆是？

答：有一种东西，小时候刚吃到时，觉得居然这么好吃，吃这个吃到撑死也愿意——那就是菠萝罐头。现在当然能买到新鲜的菠萝了，很喜欢。在夏威夷的时候吃了好多熟的菠萝，不过也没真去死。

问：能告诉我一本您读了三遍以上的书吗？这本书的什么地方给了河合老师力量，安慰了您，让您心情变好，促使您思考？

答：井筒俊彦的《意识与本质》（岩波书店）。我不是个具有思辨性、哲学性的人，但这本书成了我工作的哲学靠山。过些日子还想再从头到尾好好读一遍，要把它全部消化是需要时间的。

读了河合隼雄先生的回答：

非常感谢您这么认真的回答。非常有意思。很开心这次多少了解了让河合老师感到高兴的事情，和您人生中的精彩风景。

想到温柔对待青蛙的河合老师就觉得很感动。还有小时候有个女孩，她很讨厌菠萝，吃饭的时候总会剩下，常常被老师骂。那个女孩还说"如果要吃菠萝还不如去死"。真是个大家都不能随心所欲的世界啊……

其实回答河合老师提出的那些谜语一样的问题（尤其是蝴蝶和飞蛾……）时我很担心。总觉得自己的所有想法都会因为回答了这九个问题而浮现出来！这是开玩笑啦，不过下次告诉我您为什么提这几个问题吧。

诚挚回信。

吉本芭娜娜

河合隼雄问吉本芭娜娜：

请回答吧，如果有不想回答的不答就可以了。

问：（河合）喜欢的书和作者是？

答：（吉本）身为作家想达到对方的高度，为此反复读过艾萨克·巴什维斯·辛格[1]的《短暂的礼拜五》（晶文社）。

身体和精神超负荷时会读罗伯特·C.福劳德[2]的《生命之光》（翔水社）。活到九十多岁的骨科医师用一生的经验谈论了健康和生命的话题。生命这东西的脆弱和粗犷被很好地平衡了，感觉光读它都能恢复健康。

还有就是，集中看了太多故弄玄虚的新世纪作品而太累的时候，我会读卡洛斯·卡斯塔尼达[3]的《未知的次元》（讲谈社学术文库）。虽然这本书很奇妙，但我每次读都是被里面表现出的人类思维的局限震惊到身体发紧，跟里面所写的东西真实与否没多大关系。

---

1 艾萨克·巴什维斯·辛格（Issac Bashevis Singer，1902年11月21日—1991年7月24日），出生于波兰华沙的美国籍犹太人，短篇小说家，使用意第绪语写作，1978年诺贝尔文学奖得主。作品多描绘波兰和美国的犹太人生活。

2 罗伯特·C.福劳德（Robert C. Fulford，1905—1997），美国骨科医学博士。

3 卡洛斯·卡斯塔尼达（Carlos Castaneda，1925年12月25日—1998年4月27日），秘鲁裔美国作家和人类学家，以唐望书系列（12本书和许多更短的作品）而著名，书中记载了他拜印第安人萨满巫师唐望为师的经历，唐望其人的真实性曾被多名学者质疑。

问： 练习长笛的频率如何？要不哪天来个二重奏？

答： 啊！长笛！一天能吹五分钟就不错了。其实我当初为什么会选长笛这个乐器也是个谜。不过也一路坚持下来吧。

学了四年，现在终于能练《教父·爱的主题曲》了。您知道我的水平有多低了吗？要合奏还得好久呢。

问： 喜欢什么样的音乐？喜欢的作曲家是？

答： 什么都喜欢，真的是什么都喜欢。摇滚、朋克、演歌[1]，什么我都能接受。但工作或者在家的时候不会自己去找来听，如果有人推荐，想稍微听一下的话就会在车里放。完全不懂古典乐，但很喜欢。不知道有没有关系，但小时候我特别喜欢《快乐的铁匠》，应该是亨德尔[2]的作品吧，喜欢到都想去学大键琴[3]了。也不知道听了几万次，我完全可以哼出来。

1　演歌，日本特有的一种歌曲，是一种综合江户时代日本民俗艺人的唱腔风格。

2　格奥尔格·弗里德里希·亨德尔（德语：Georg Friedrich Handel, 1685—1759），巴洛克风格的作曲家，创作作品类型有歌剧、神剧、颂歌及管风琴协奏曲，著名作品为《弥赛亚》。虽出生于德国，但后来定居并入籍英国。

3　大键琴（Ha rpsichord），香港称为"古键琴"，是一种盛行于欧洲文艺复兴时期与巴洛克时期的乐器，也被看作钢琴的前身。

问：如果重新降生一次想当什么？不想当什么？

答：如果重来一次，想变成男孩，然后还是想当作家。想以男生的视角潇洒地写东西，想拿它和身为女生时写的东西比较。一边在世界上流浪一边创作。说到不想当的东西的话，不想变成寄生在潮湿阴冷处的东西，比如苔藓、驯鹿、球潮虫[1]。

问：喜欢蝴蝶还是飞蛾？

答：绝对是飞蛾。从小时候就是。觉得飞蛾很可爱。前几年，看到太阳照射着黏附在窗户上的飞蛾卵，心里想着"要长大哦"，想着想着居然哭了，自己都吓了一跳。蝴蝶的话，在有很多花的地方，当它们的数量多到让人觉得"连这里都有啊"时，我也会感动。因为颜色五花八门，会让我觉得"像天堂一样"，这一点挺喜欢的。但一看到它们拼命采花粉的样子就会有点失望。

问：有没有讨厌一个人到想打对方的程度？是什么样的人？

答：为了个人兴趣就虐待动物的人。杀猫或者踢导盲犬……看到那种事情，产生的愤怒感连自己都感到惊讶。比如打鸭子，为了皮草杀水貂之类的事我一直很反对，但最无法原谅的是，为什么仅仅为了

---

1 球潮虫，也称丸虾，栖于枯叶或石下，分布于世界各地。

自己的一点快乐就要伤害或者杀死那些和我们建立了信赖关系并柔化我们人类社会的动物呢？

问：关于小时候有什么印象深刻的回忆吗？

答：有次和父亲散步的时候，在公园看到了非常大的蚂蚁。我跟虫相关的段子真多⋯⋯那时候牵着父亲上台阶，两个人会一起数脚下列队的蚂蚁，然后突然从草丛里钻出一只巨大的蚂蚁，足有十五厘米长。我当时的笔记上写的是"这不是梦，我真的看到了了不得的东西，千万不能忘！"，当时是五岁。我觉得父亲应该也认为那是很难得的东西，结果他好像立马就忘了，让我觉得很不可思议⋯⋯

问：想结婚吗？问这个是不是不太好？

答：已经结婚了。但如果这个问题里的"结婚"指在法律上办理手续的话，我是没这个打算的。总觉得人生在自我意愿之外运转。比如说身份、知名度、收入这些东西在现在的日本社会，只会对我嫁出去造成负面影响。而且换位思考一下，不是也有人会"想找个入赘女婿"吗？所以结婚对男性也并不是容易的事。所以我就开始怀疑这整个系统，思考到最后，还是作为艺术家一直在贯彻的那种东西胜利了。到了三十七岁终于想通了。但最后还是选择了"事实婚"[1]，在神社举行了仪式。所以被问到"结婚了吗"的时候也能回答"结了"。但目前为止交往过的人，不论多亲近，也没用过这个说法，所以其实在自己心里是被严格区分的（像在说别人的事情一样……）。本来是准备孑然一身活得像个店招牌一样，所以这次（这是觉得还有下次？）就已经足够了。我对现下这个稳定的状态非常满足。

1　指不提交法律上的手续和证明，但两人在心理上承认并作为夫妻一起生活。

三、工作、时代、未来

生而为人

吉本：最近我开始体验到"代沟"，这是我之前从未意识到的。让我惊奇的是现在的年轻人会把电影和电视剧里的事情当真，而且好像从小就全情投入地玩游戏。也没法说好还是不好，但他们会说："我觉得那都是真的！"有这种的吧，分不清真实和谎言的人……

河合：把那当成真事儿的人很多啊。

吉本：特别小的小孩也会，四五六岁的。

河合：现在的小孩可怜的地方，就是在自己思考判断之前，已经有一堆东西涌进来了，而且还被灌输"这些都是真的"。

吉本：然后会怎么样？

河合：觉得"好奇怪，好像哪里不对"的小孩就要吃苦了。坦然接受了的孩子自然过得平淡无奇。现代社会，因为有了电视，所以能制造出"时代精神"，大家就自然顺应着这种时代精神。而过去，赶流行的人却是少数。如今，大家都看电视，所以会过分在意流行、主流、潮流这些东西。所以上学的时候，不知道最近大家热衷的流行漫画主人公，就会被排挤。

吉本：是啊。

河合：我们小的时候，没这种事。最多也就是最近双叶山[1]很火，我们会一起谈论双叶山而已。现在一旦流行什么，会被大家当成货真价实的东西全盘接受。我们临床心理医生的职责就是向人们传达"用自己的双脚站立，用自己的头脑思考，用自己的心去感受，这样会更有趣"。如果每个人都能拥有自己的故事，世界就会变得很精彩，可惜在那之前，人们已经"被行动"了。

吉本：一定会那样，信息爆炸嘛。

河合：所以在这种环境里很难表达自己的不同。强大的孩子可以在所有人咋咋呼呼的时候依然平静地思考不同的东西，但做不到的人，只察觉出"总觉得哪里不对"的孩子，除了沉默自闭别无他法，要不就是不去上学。

吉本：如果一直不去学校会怎么样？不接受义务教育的话，在日本会怎么样？

河合：之所以称为"义务教育"，就是作为义务必须履行的东

---

[1] 人名。双叶山定次（1912年2月9日—1968年12月16日），日本的传奇相扑力士，有"相扑之神"之称。

西；但现在其实有很多可以变通的地方，比大家想得自由了很多。

吉本：那今后如果想直接从初中、高中之后的教育开始呢？

河合：现在是可以的，政府设置了大检[1]的制度。现在大检很好通过，通过以后直接去大学也可以；推迟三四年再去高中的学生也有。所以很多样。

吉本：是因为不去学校的人多了吗？

河合：文部省[2]认识到这种现状了。现在文部省放宽了限制，但很多人还是以前的思维，并不知道，所以还是整天"得这样，得那样"。从这点来说，现在比以前更容易按自己喜欢的方式生存吧。

吉本小姐也想过"如果真这样不上学了，以后要怎么办"吗？

吉本：我把百分之七十五的经历都用在担心"不要脱轨"上了，觉得还是得去学校，得加油。我一边想着"我做到了"，一边努力着。如果重来一次，说不定会变成家里蹲或者去自杀。重新回到那个时候，被要求去学校，我想想就觉得恐怖。

河合：去学校和不去学校的小孩最明显的区别就是父母或者说家人，认不认同，不论是谁，如果被认同的话……

1　大学入学资格鉴定的简称。2004年前在日本实行。据以判断是否与高中毕业生一样有进入大学的同等学力。2005年以后改为高等学校毕业程度认定检查，简称高认。
2　日本中央行政机构，主管对学校教育、社会教育、学术、文化的振兴和普及进行教导并完善其设施。

吉本：我的家人基本上是不认同的……

河合：不，我觉得比普通的家庭认同多了。否则，会被苛责很多，比如"得这样啊""得那样""不行"之类的。你没被这样说吧？

吉本：在父母面前一点都不敢提自己不想去学校的事，所以连翘课的勇气都没有……不过大部分人都是这样吧。

河合：我前几天在报纸的杂文栏写了小时候暑假里的事情。我家的规定是，暑假的时候早上得学习，只要早上学习了，下午想怎么玩就怎么玩。但是暑假结束的时候，作业基本都没写。一到八月二十五、二十六的时候，我妈就会说"你到底都干什么了"。然后真去回想一下自己干了什么，确实什么都没干。也没逃出去玩，也没躲在某个地方偷看漫画。明明老实坐在桌子前了，但回想一下确实什么都没干，基本在发呆。到最后关头，要做手工了，就让大哥和母亲帮忙。结果大家合作的东西得奖了。一直都是依靠家人走过来的，现在终于稍微自立了一点，开始独立写书了。杂文上这么写来着。（笑）那时候……

吉本：如果被骂得很惨……

河合：对，如果被骂得很惨估计就不行了，所以有人承认自己的存在是很重要的。

吉本：如果有这样的人那会轻松很多。

河合：这个很重要。如果没有这个，自己会无处安身。

吉本：我也是，暑假作业一点没做的时候，画画很好的姐姐帮我画了一张"海洋生物"的画。拿到学校去交的时候发现，画了水母的地方横过来写的是"鲣鱼黑贝刺身蘸酱油很好吃"。结果老师非常生气，当时体会到"果然不能太依靠别人"。不过也算是很特别的回忆，因为当时真的没办法了。

河合：像吉本小姐一样经历过很艰难的心理状况的人，世界上有很多，但为什么你没有陷入拒绝去学校的情况中呢？

吉本：因为姐妹关系更艰难。（笑）没有，开玩笑的。因为家庭环境太严峻了。（笑）没有啦，其实我的话，是因为有"写小说"这个目标。

河合：很厉害。这个真的很厉害。

吉本：或许也只有这个了。

河合：我的话，还是被家人解救的。

吉本：我的家人倒也没说"去找工作啊""去相亲啊"这种话，从这点上来说……

河合：对对，一般人会抱怨的东西一概没抱怨，这点就很厉害了。

吉本：虽然我和姐姐一个是作家，一个是漫画家，但作为父母来说应该是不推荐这样的职业才对的。两个人都觉得说出"想当作家""想当漫画家"的话，父母会担心，会劝我们找更正常的工作，如果我是父母的话。但他们却没说什么。这一点真的很感谢。没有跟家人发生冲突、顺利解决，这真的非常幸运。不用为了得到认可而休学出走，真的很感谢。

河合：父母能承认孩子的存在多好啊，可父母总是把自己的想法灌输给孩子。比如"要去什么什么大学""要去什么什么公司"之类的。被这些摧毁的小孩有很多。

家庭问题再探讨

吉本：我认识的人里，真的有个非常非常单纯的人。大概二十岁，活得非常自由奔放，但又承受着很多制约。父母都很年轻，自己的事情就够忙了，所以基本是放养状态。但因为这样他却像钻石一样单纯地长到了二十岁。比如，我们约了第二天见面，因为是一对一的单独会面，所以他特别高兴。前一天晚上会紧张得睡不着，因为太紧张了以至于开始讨厌起跟我见面这件事了。一想到明天要见面就紧张得不行，太紧张了以至于开始抵触，但还是想去，想去但又真的很烦。结果他迟到了。我等的时候觉得"好慢啊"，可对方连正经的"对不起"，或者"不好意思，因为什么什么所以迟到了"都说不出来。我就说了句"迟到可不好"，对方就变得非常消沉。整个见面的过程他都保持着走神的消沉状态。结果回家以后，他半夜打电话过来说："今天真的很抱歉，迟到了，是不是讨厌我了？"一般人都觉得，你都二十岁了怎么还会做这种事，可是这孩子的父母或者其他人没有告诉过他"虽然跟重要的人见面的时候，你可能会因为紧张而迟到，但迟到是不好的"。现在的父母基本都是和我一样的三十五到四十岁之间的人，正是每天纠缠在自身琐事的年龄，所以我觉得现在的小孩有点可怜。

河合：大家都忘记将自己的经验传递给下一代人了。

吉本：如果真的很自由的话也就罢了。

河合：过去又是另一个极端，什么都按父母说的做。所以像是一种反叛，现在的父母都不再将自己的经验传递给下一代了。所以就会出现你说的这种小孩。我特别理解。《不伦与南美》里也写到了诸如父亲永远回家很迟这种事情（《微弱的黑暗》）。

吉本：嗯，是那种感觉。父亲是那样，母亲也是那样。

河合：不过也有那种人，确实是因为重视了所以迟到了。也确实完全说不出来"因为太重要、太紧张，所以我迟到了"这种话。

吉本：无论如何都说不出来，不是因为害羞。

河合：相反还会说一些让人生气的话，胡言乱语。

吉本：如果是这样的话，又会陷入自己没法和周围人正常相处的纠结中。不过现在的小孩基本都是这样。

河合：确实会。简单来说就是社会训练不够。

吉本：是啊。

河合：原因还是父母没尽责。以前社会训练完全是模式化的，比如这种时候该这样之类的。

吉本：在学校里也很严格。

河合：大家会说那些东西趁早丢掉吧。丢掉也行，但丢掉以后怎么办？所以父母就算不告诉孩子"你得这样"，也至少得告诉他们"事情是这样的"。

吉本：可能父母自己的事情太多了。

河合：对。但其实跟孩子聊天是很有趣的事。

吉本：真的太单纯了，甚至让人想哭。

河合：真可惜大家居然放弃这么有趣的事情，我也感到很无奈。没有比小孩更有趣的了。比如在学校做老师的时候，就像在职场上一样，面对学生大体都有一个模式，大家都是在这个模式里的。但家庭其实没有固定的模式。小孩会说出"爸爸你说的是什么啊"这种话。而且父亲整天讲成功学也是一种偷懒。

吉本：没有传递真正的知识。

河合：对，所以家庭关系是非常有趣的。

吉本：放弃了这种家庭关系，而一味地去追求自己个人的事，并且把它跟所谓的个人主义混为一谈……

河合：是错误的。跟个人主义原本的内涵是不同的。我认识一个澳大利亚人给报纸的文章里用片假名写道"日本人はコジンシュギ[1]"。其实从旅行可以看出来，欧美人多是和家人一起其乐融融地聊天；而日本人和家人则没有那么亲密的关系，不太会一家人出去旅行。

吉本：嗯，基本不会一起去旅行。

河合：之前有位俄罗斯人在国际日本文化中心演讲时说"我很喜欢散步，经常和女儿一起散步"，我一问才知道他女儿已经二十七岁了。

吉本：真的?

河合：在日本绝对没有会跟二十七岁的女儿散步的父亲，但在俄罗斯是很普通的事。正是因为他们是真正的个人主义国家，所以才能做到，可惜人们都不明白。在个人主义中坚守着自己，所以即使是跟父亲也能轻松地聊天散步。当然不想去也可以不去。可在日本，被要求去的话好像就必须得去。进入了这种模式，所以女儿会感到讨厌，会说"不去"。因为日本人搞错了个人主义的意义，成了日本特色的个人主义。

吉本：可能真是这样。

河合：还有一件应该重新思考的事是，日本人不懂得家人有趣的地方。

吉本：还有，现在的年轻女生都不想生孩子。

---

[1] 此处为汉字词"个人主义"的片假名发音，在日语中片假名一般用来音译外来词或强调。

河合：这个搞不懂啊。不过一直持续现在的状况，不想生也很正常。

吉本：本身有工作，再生孩子，还要做家务……

河合：而且，如果之后要跟孩子特别彻底地分开、各自生活，那也没有什么意义。

吉本：虽然花了工夫也付出了金钱，却很难建立连带感……

河合：对对。写了"日本人はコジンシュギ"那句话的人也说，其实欧美也有单亲母亲的家庭，也有夫妻一起抚养的家庭，各种模式都有，但大家都不会像日本这样去否定家人，大家都承认家人的意义。日本现在严重缺少这个。

吉本：真的非常严重。我从五岁到现在，每年夏天都会跟家人出海。但是其间也有过不想去的时候，比如青春期有了男朋友，还有长大了觉得有这种时间还不如去欧洲的时候。虽然我心里已经讨厌，也还是像履行义务一样参加，现在渐渐明白了其中的价值，如今已经有三十年了，觉得"坚持了这么久真是太好了"。这跟父母去世，自己上了年龄有关，而且那里也成了自己的第二故乡。

河合：能这么想非常好。这就是乐趣。

吉本：也有特别烦的时候。

河合：就是被命令着去的时候吧。就是因为有这种时候，所以家人才是个很有趣的东西。如果把"沉默着、听话地去"当成家人的真谛，我反倒要头疼。假装自己很开心，事后其实非常疲惫。要实际地发生冲突然后坚持，这才有趣。日本人必须明白这一点。而认识到重要性从而坚持下来还是依靠令尊吧。

吉本：不，是所有人共同的努力。（笑）

河合：确实是所有人的努力，但父亲是那个引领的人吧。

吉本：其实为什么能坚持下来，维持得很好，可能也有那个地方本身的力量。就算赔上性命淹死也还是会去。（笑）现在那里对我来说已经像故乡一样了。真的是个可以让我放松的地方。父亲带我们去这么棒的地方，真的觉得怎么感谢都不过分。所以如果我有了孩子，绑也每年都要绑他去。（笑）跟他说"必须去，三十年后你就明白了"。

河合：这点特别重要。但旧时的日本家庭确实是不可取的。

吉本：父亲一般不会主动说话……

河合：对对。那种，与其说是家庭，不如说是家的制度。

吉本：为了社会运转而结成的单位。

河合：嗯。那种模式确实该结束。很复杂啊，真的非常复杂。随着时代的变化，家庭的形态也会变，你觉得呢。

吉本：我觉得人类跟狩猎猛犸象的时代其实没有太大变化。人还是以寻找家庭生育孩子的模式延续的，如果放弃这个模式，人类本身也会灭绝。这一点绝对不能放弃。当然在这个过程中遇到挫折无法继续，或者被工作压迫孤独一生，或者生病的人很多。如果社会不能把这些人拉回来，那就没有什么意义。比如社区的人会想到"这个人太辛苦了，没有可以依靠的人，那我们就多少照顾一点"之类的，我觉得就很好。但基本上……

河合：嗯，基本上……

吉本：现在大家都成熟得特别晚，感觉晚了十年。我三十五岁的话刚好是二十五岁。

河合：确实是这种感觉。我七十一岁了但觉得是六十一岁。

吉本：是吧。现代确实是这种感觉，营养太好了。虽然迟了十年，但如果大家最终都能成熟的话，也没什么。

河合：我也这么觉得。不过大家对家庭的趣味一无所知，是现代生活的失败吧。明明钱也有了，做点温馨的事多有趣，可大家尽做无趣的事情。看着就生气，真想跟他们说"去做点有趣的事啊"。（笑）

吉本：大家都住在漂亮的公寓里，把里面打造得精致漂亮，脏了的东西全都扔出去。比如，因为婴儿不可能干净整洁，那就扔出去，老人卧床不起的话还不如死了之类的。其实，不论是卧床不起还是真的痴呆，只要去交流，人类的历史还是可以很好地延续的。但大家都想着"怎么可能有交流啊"，然后抛弃他们。所以我们不可能像丹麦那样，真的有能让老人家享受其中的养老院。毫不犹豫地抛弃，这真的很恐怖。自己的父母正在走向死亡啊，居然把他们从公寓里清除出去，简直前所未有。

河合：是啊。

吉本：简直太异常了。

河合：也不是说你得多享受这件事，但现在所有人都对这事怨声载道。一群蠢货。

吉本：可能有人觉得我又没照顾过父母，有什么资格说，但我想问真的就那么痛苦吗？我觉得是没有融入周围，自我孤立的原因吧。比如抚养残疾儿或者照顾老人的人会喊着"好辛苦，好辛苦"，但其实并不是"无法忍受的辛苦"吧。

河合：其实我跟这些人接触很多。抚养残疾儿的人里，有很多是非常积极乐观的。

吉本：始终笑着。

河合：相反比普通人要积极乐观。因为那些孩子的笑容是无法替代的。也不是说生活真的一帆风顺，但看到他们对你笑，你就会觉得为了工资吵架什么的简直太蠢了。还会有人觉得自己输了。看到那些努力的人，自己也会开心起来。所以希望大家多少转换一下思维方式啊。

吉本：换一种方式，眼界会开阔很多。根本就不是什么事。大家都尽可能地把生活窄化，最后一辈子都不会发生什么大事，一辈子担惊受怕地活着，觉得"要出了什么事我就完了"。

河合：怎么说呢，也不一定，现在的大学生、研究生我也偶有接触，还是有很多人在拼命思考人生吧。

吉本：在慢慢变好吗？

河合：有时候会觉得"也没有大家想得那么糟"。

吉本：还是有希望的。

心灵治疗的可怕之处

河合：比起普通人，我接触到的都是一些遭遇了很多苦难的人。这些人当然非常艰难，可我最近觉得自己其实不懂普通人的烦恼。

吉本：其实很严重。普通人里也有病变的部分。

河合：所以我最近想要改变自己擅长的东西，自己的生存方式，自己的工作方式，跟普通人多一些接触。我们不是经常被邀请做演讲嘛，虽然我一般都拒绝。（笑）演讲的时候我也常说，比起面对一千人演讲，面对一个人的时候，我的能量会多得多。有人会觉得大家都一副开心的样子，说一声"好了，结束了"也挺好的，但我不行。比起这个，一对一才是真正的对峙。跟吉本小姐说的一样，自己稍微偷懒一下就会立马被识破。演讲和一对一是完全不同的模式。演讲的话，大家从一开始就是抱着很感激的心情来的，所以只会开心地觉得

"啊，好厉害啊！"

吉本：最后"啪啪啪"地拍手。

河合：然后回去的时候都忘光了。（笑）所以到了我现在这个年纪，就想和社会上的普通人接触，不是用演讲的方式，而是进行稍微深入一点的接触。到了现在这个年龄。但确实又有很多很可怜的人，不跟他们相处也不行。所以现在有点烦恼应该如何。

吉本：那就轮班吧。没有活力的年轻人就交给我吧，多少承担一点。

河合：其实写书可以在一定程度上接触到普通人……不跟真正艰难的人接触，说什么跟一般人对话也只是空口白话而已。

吉本：我最近感到普通人里也真的有很凄惨的人。而且觉得这两三年里，所谓普通人突然都进入了怪异的状态。我家附近住了一个被大家叫作"口哨爷爷"的老人家。他总是一边吹着口哨一边拖着步子走路。有时候会被小孩子欺负，或者被我家的狗追，但他还是一副悠然自得的样子。结果这两三年间，他变成了周围最正常的人。看看外面，有不停自言自语的人，有总是盯着天空看的人，有不停骑着自行车绕圈的人，现在他们变成了这样的状态，以前可都是正常上学、上班的人啊。结果日复一日吹着口哨、呆呆走路的爷爷反倒散发着最正常的气质，太不可思议了。

河合：对啊。

吉本：刚搬到那儿的时候，我也觉得"那个老头子整天晃来晃去有点可怕"，结果其他的普通人远要可怕得多啊。他们变得会大声喊"嘿""注意点啊"之类的话，整个人不正常了。

河合：所以什么心灵治疗才能那么流行啊。不管出了什么事儿，总之先去心灵治疗一下。

吉本：心灵治疗这东西……

河合：太值得怀疑了。

吉本：觉得"恢复了"是因为原本要对抗的力量实在太大，所以一瞬间会觉得心情特别好，但其实并没有真的治疗内心。对自己讨厌的东西也要好好接受下来，心灵治疗就是这种双刃剑。听一些让自己感觉舒服的音乐，获得力量，这种根本不会真的治疗什么，只不过是"放松"罢了。所以如果有人说我的作品是什么"治愈系"，我会非常沮丧。

河合：现在所谓"治愈系"也是个大问题。宗教学家山折哲雄[1]就说过"治愈这东西太低劣了[2]"。

吉本：这说法太完美了。明明那么认真写出来，却收到那样的评论，真的会非常沮丧。自己是带着"如果能让谁变得强大"的心情认

---

1 山折哲雄（1931—），日本宗教学者，评论家。国际日本文化研究所前所长、名誉教授。
2 日语中"癒しい（治愈）"与"卑しい（低劣）"恰好同音。

真写出来的，所以看到或者听到那样的评论……会觉得都白费了。绝对要跟这种东西划清界限。我希望人们读过之后会觉得不快，会觉得孤独、难过、阴郁。

河合：药就该是这样。没有毒的药……

吉本：也就没有药效。只有益处，没有副作用的药其实是无法发挥真正的疗效的。

河合：现在大家都觉得"舒适感就是被治愈"。但真正的心灵治愈应该是要触动生命的。

吉本：遭遇不幸，残留在崩溃的临界点的东西才是心灵治愈。

河合：对。

吉本：现在流行的那些只不过是放松消遣，不是真的心灵治疗。

河合：真的因为那种放松消遣就整个放松了才真的可怕。

吉本：对对。

河合：因为放松根本不是正常状态啊，明明充满危机。

吉本：匆匆忙忙中找到一点放松的感觉而已。

河合：所以稍微放松一下没什么，放松过头了就危险了。

吉本：这种错误意识，真的……

河合：特别多。

吉本：反复这样做就会变成催眠术，太可疑了。

河合：对。

吉本：会觉得"为了恢复，我必须这样"。

河合：最后就上瘾了。

吉本：感觉变成精神疾病了。果然不是什么好方法。跟"去温泉吧，能好好养养"是一个东西。仔细想想，去了温泉，会喝很多酒，泡澡泡得晕头转向，途中又很累。（笑）去巴厘岛也是，虽然写着"休闲周末"，其实很累。

河合：看到美国人的生活方式会觉得那种"美好的周末"很奇怪。非得找放松，结果把自己累到不行。他们不懂"躺倒就睡"的乐趣啊，躺倒就睡多棒啊。

吉本：对，什么都不做。不过现代，还是很有趣的，非常有趣。

河合：经济也好，很多事都有可能，这么看确实挺有趣的。

吉本：有时候会觉得生在这个时代，然后开始写小说，真好。

无法成为大人

吉本：我这代人，对什么都不关心。不是自由，而是不关心。

河合：那更可怕。

吉本："那孩子总有的吃，没关系"，有这种想法的父母挺多的。我觉得挺可怜的。

河合：纠缠的反面——"无视"，才是最可怕的。

吉本：跟纠缠一样可怕。我不知道这些人是经历了什么悲惨的事，也不知道他们是不是在自己还是个孩子的时候就生了小孩。但这些人会把孩子交给像河合老师或者我这样的人，说一句"那么，这孩子就拜托你了"，明明是自己的孩子，却全部交给别人。而且，也不是因为有什么热衷的事情或者兴趣爱好不管孩子，根本就是过着普通的生活而已，却完全是一副不关心的姿态。

河合：如果是对什么很热衷的人，他心里有那种热爱的感觉，是不会对什么坐视不管的。相反那些活得很麻木的人才会。

吉本：最近这种让我震惊的事非常多。基本是跟我一样，三十五到四十岁之间的人。

河合：我也听说这个年龄段的人过得很艰难。但我其实没有跟这些人接触过，所以并不了解。学校里的老师倒经常跟我说，哪个小孩的父母是那样之类的话。

吉本：他们真的完全不关心孩子。姑且算是在养孩子吧……

河合：对这种人我是没办法，但也有很多人是有心去关心，却总是做蠢事，至少能去阻止这部分人别再做蠢事就好。让没有心的人去关心别人，这和"带马去水边容易，但让马喝水却很难"一个道理，很困难。

吉本：确实是。过去那些虐待、殴打、把孩子摔在地板上的行为还相对好理解一些。某种意义上来说，现在的情况比这些还严峻。如果是上述那种情况，至少可以建立让周围人介入的机制……

河合：而且小孩自己也能反抗。

吉本：法律可以制裁，也可以交给祖父母抚养。但是，那些一本正经养着孩子，给他们穿好衣服、吃好饭菜的人，则是抱着一种"这样你没什么怨言了吧"的心理。或者说他们连"这样你没什么怨言了吧"的心理都不会有，就是不关心。

河合：被这样养大的孩子很容易突然爆发出让人捉摸不透的变态行为。他们大多来自那种父母都好好抚养孩子，连吵架都很少的普通家庭。很多普通家庭的孩子会变得奇怪。那些整天被父亲打，或者母亲酗酒的孩子，有时候倒活得很正面。（笑）相比而言，不被关心的人……

吉本：孩子如果告诉周围的人"被我爸妈打了"，大家会说"真的假的"，但如果告诉别人"我爸妈不关心我"，大家多半会觉得"肯定是瞎编的"。而且母亲也是那种，别人打招呼说"早上好"的时候会很正常地回一句"早上好"的人，周围人自然觉得"很和善啊"，这种情况经常见到。

河合：这种情况是最难处理的。有很多人会抱着为了孩子好的态度，做一些蠢事，但那至少是因为"为了孩子好"的心情做的错事。而那些对孩子不管不问的父母，其实自己也根本还没有长大成人。

吉本：在没长大成人的时候结了婚，生了小孩。

河合：现在，"长大"变成了一个非常难理解的词。搞不懂怎么就算是长大了。

吉本：不一定出了社会就是大人。

河合：拿工资、结婚这种事，谁都可以。让我生气的是，这时候就有人跳出来说"所以说要有一年无薪酬义务实习啊"，这种东西能让人长大成人吗？所谓长大是习得社会中各种不成文的规则。以前从小就被灌输各种不成文的规矩，但现在什么都没被教，只有年龄在成长吧。什么都没被教的孩子非常多。对日本社会的规矩一概不知，却对"拿破仑何时出生"记得一清二楚。（笑）这个会越来越严重的。

吉本：特别奇怪的一代人。该说是一代人呢，还是说只是一部分，总之，渐渐变成那样的国家了吧。其实就算父母不去关心孩子，如果真的有花工夫的话，慢慢也会有感情的。这应该是最低标准了。怎么说也已经生了小孩，而且身体健康。现在都是独生子女嘛。如果有五个兄弟姐妹，那也不至于。

河合：都是因为现在大家有钱了。

吉本：可能真是这样。

河合：以前大家都没钱，所以除了花心思别无他法，可现在会觉得用钱就能解决一切。

吉本：比如雇个人之类的。完全是在"只要不死就行了"的限度上养小孩。从某种程度上来说是长大了。虽然是全力以赴了但其实还是不关心，我能感觉到这种东西，但无法用语言表达。

河合：某种程度上，我是在等着大家察觉到这件事。

吉本：自己长大成人之前不应该生小孩。

河合：到市政府去，证明自己是个大人以后才能生小孩。（笑）

吉本：变成得用法律规定了。（笑）

河合：去市政府用X光之类的照一下。做个不成文测试，还不能用笔写字，因为不成文嘛。（笑）

"自我实现"的误判

吉本：这个时代强烈地传达给我一种紧张感。在这个时代，我只是平常地走在街上都能感觉到那种紧张感。一开始我以为是自己的内心太过紧张了，但后来发现或许不是那样。比如认识的人告诉我"我要结婚了"，我也说不出"哇，那太好了，恭喜啊"。虽说以前说的也可能是客套话，但现在我这代人里很少有人抱有"只要结婚了就是好"的想法。可能是有各种各样的麻烦事，很少有什么值得恭喜的事情能超越它们，或者说社会上很少对"只要怎么怎么样那就有希望"达成共识。以前如果考上东京大学，那必然是值得恭喜的事情，现在好像并不是，反倒会说"这样啊，很辛苦吧"。听到别人说"找到了工资很高的工作"，也会回应"很辛苦吧"。总之"好辛苦啊"这种感想特别多，基本上没有"那太好了""可以放松一下了"这类回应。所以才会觉得紧张吧。

河合：以前很容易觉得"太好了"其实是因为存在很多模式吧。比如"恭贺新婚""恭喜考入东大""恭喜入职"这类的。以前大家相信这种东西，后来慢慢感觉到它们的可疑了。

吉本：这种价值观逐渐混乱崩溃了。

河合：渐渐不知道有什么好恭喜的了。（笑）也可能值得恭喜的事情挺多的。

吉本：一切都变得混乱了……

河合：从另一方面来说，也是更个人化了。说有趣也挺有趣的。

吉本：混乱的同时更个性化了。

河合：对。这样更多地得依靠个人的判断。以前不遵循规定的道路前进就会很麻烦，现在就算不遵循也可以靠自己。

吉本：做事情的标准在一点点改变。

河合：但是又没全部改变，所以就有点骑虎难下。还有让我惊讶的是，有一些人完全没有改变，还是完全遵循着以前的模式。

吉本：是啊。

河合：比如还是有很多家长把考试当成一件重要的事，也还有家长会把小孩送进评价好的幼儿园。

吉本：还有人从"让孩子出生在哪家医院"开始考虑呢。（笑）

河合：还是传统的"幸福模式"，"只要这样做就能幸福"之类的。依靠自己的判断，自得其乐的人还是太少了。自得其乐就算很辛苦也是快乐的。但是大家一味地去迎合"幸福"的标准，反倒会陷入"痛苦"。

吉本："自得其乐"这句话很好听，但相对地也有很多"凄惨""可怜"的情况。

河合：确实是这样，会被大家嘲笑。

吉本：别人会觉得你很凄惨。我觉得这种情况挺多的。别人会觉得明明是别的都不行所以才这么说。也有消极的"自得其乐"，让人觉得"只不过是万般无奈下的说辞罢了"。

河合：人们对"自得其乐"这句话的偏见太强了。可能确实是没办法。但是怎么说也是来到世上了，为什么不"自得其乐"呢？那么喜欢大家公认的幸福模式，就必须去从事能享受那种幸福的工作。就像是到了一个地方，被人问"想做什么"时，回答"当上教授，事业成功，受人爱戴""好，就给你这个模式"，然后就给我看电影，在里面自己变成主人公，跟自己想的一模一样，然后在快结束的时候"啪"地关掉电源，自己被杀掉了。（笑）这就是幸福的巅峰嘛。职业好像能这样轻易决定一样。"选哪个呢？董事长模式？演员模式？"被菜单指南分割得好好的，一切都能照着指南推进。我就是这种感觉。

吉本：确实有这种感觉。

河合：所以说大家根本就不知道什么是"自得其乐"，任怎么想也不会明白。这么说来，"自我实现"这个词的意义一直遭到了误解。明明没有什么能比那更无聊更痛苦了，大家却将其当成体面的事。以为自己在做自己喜欢的事，其实压根不是那么回事。

吉本：应该是不做自己不喜欢的事才对啊。作为词组来说很平凡，解释成"回归自我"就够了，但实际情况却是痛苦、难过和厌烦，这就是所谓的"自我实现"。

河合：所以这个词被误解得太深了。

吉本：说得好像很厉害一样……

河合：大家都信了。但是如果真去实现自我，事情反倒会乱七八糟。谁都没意识到这个问题。所以我觉得"自我实现"应该叫"他我实现"，意思是"做他人觉得厉害的事情"。因为现在自我实现指的是做他人认同的事情。既然被误解得这么深，还是不要用了。

回归自我的努力对人类来说是必要的。或者与其说是必要的，不如说好不容易降生在这个世界上，在世界的其他地方不存在另一个"自我"，世界上只有一个我。而且反正都得死，何不在这之前善待自己呢？

吉本：怎么说呢，所以我看到那些不屑于做"被别人认同的自己"，不屑于遵从"别人是这么认为的"的人会很感动。他们会觉得"啊，我不这样认为"，会认为如果大家都能这么想就好了。他们是在对全人类挑战。因为这件事非常困难，所以大家才会沿着大众的价值观行动，认同"只要这样就能幸福""钱越多越好"。

河合：所以"自我实现"变成了尽量做自己不喜欢的事。

吉本：说到底不要回归自我会比较轻松。"居然有这么肮脏的一面""有这么痛苦的情绪""自己一直在逃避"等，一旦回归自己就会产生这样的心理。可能看到的尽是不想看到的东西，是一件非常痛苦的事。

河合：但是比起犹豫要不要去做，这是一件非做不可的事，好不容易来到这个世界了。

吉本：回归自我这事如果在不够了解自身的时候去做是很痛苦的。对社会认同的东西就算觉得很累也会下决心去做，甚至会得病啦，会病倒啦，会过劳死。如果能了解自我，那就会试着去面对自我。

英语、日语、其他语言

河合：刚才说到了翻译的话题，你的小说在国外被译得怎么样呢？

吉本：关键是译者加入了多少自己的解释。

河合：日文完全是不同系统。比如"穿过隧道就来到了雪国[1]"，应该把什么当成主语呢？

吉本：是啊。好像我的文章特别难懂。

河合：关于主语的问题我也有过很有趣的经历，是跟外国人讲"地下天主教[2]"的时候。调查地下天主教的时候我拜访过一些被视作教徒的人。但对方却说"我们可没有搞什么地下天主教""神啊佛啊也一概没有"。我觉得很惊讶，因为一抬头就能看到摆着的高级神龛，灯也点着，祭品也装饰得好好的，于是就问"这么问可能很失礼，但那是什么"，对方回答"老师，有了那个就能平静"。"这就平静了"。不供神也不供佛，"有了那东西就感到平静"是日本人的日常思维，但这句话如果要翻译成英语，主语应该是什么呢？恐怕得翻成"有了它我们就能平静了吧"。

吉本：是你呢还是我呢？

河合：对。或者说是宇宙呢还是家人呢？这些全部包含在内，不加区分地说一句"这样就平静了"是日本人的思维方式。这是我们没有意识到的日常用语，但是要翻译成英语的时候会意识到该怎样表达，这很有意思。

---

1 川端康成《雪国》的第一句，经常被用来讨论翻译问题。
2 德川幕府时期，政府下禁教令禁止天主教，原本信仰天主教的教徒将十字架藏在佛像后参拜。禁教令解除后仍然有一部分人不愿加入正统的天主教会，形成了神秘的地下教团。

我跟他们讲这个的时候也说了地下天主教的基督教神话是在两百五十年间口口相传，流传演变下来的。

吉本：没有文字吗？

河合：没有。因为是口述所以会产生很多变迁，会被日本化。因为我觉得很有趣所以讲给大家听了，但是听众里有人举手问："为什么你要说'基督教神话'？为什么要对基督教使用'神话'这个词？我们认为写在《圣经》上的事情都是真实存在的，而你用了'神话（myth）'，是什么意思？"我很感谢对方的提问，非常高兴，于是回答："日本人是不会想到这个问题的。果然要来欧洲才能听到这样精彩的提问。"接着反问，"现在我要问问提问的这位。你刚才说《圣经》上记载的东西都是真实存在的，但真实是什么呢？""我不知道您是怎么想的，可能觉得墙壁、椅子这些东西是真实吧，但在我们日本人眼里这些反倒是幻觉。"大家听完以后一阵爆笑。提问的人也说："我懂了，你所说的神话（myth）是 different dimension of reality（异次元的现实）。"我也附和说"对"。像这种问题突然砸过来的时候必须得给人家一个回答，这很有趣。

吉本：在日本一般不会有这种问题的。

河合：不会有人问这种问题的。从意想不到的方向飞来了炮弹，这种预料之外的趣味。

吉本：日本确实只会遵守预想，沿着预想的道路开展剧情。

河合：从这种意义上来说去国外是件好事。麻烦的还是英语。我也会想如果英语很流利会怎么样呢？吉本小姐在国外会说意大利语吗？

吉本：不说。（笑）语境完全不一样。

河合：会抱怨自己的小说被翻译得很奇怪吗？

吉本：也不会。只能说我能判断意大利译文的水平，比如从措辞什么的来看可以清楚知道确实是精彩的译文。但英语的话，大家都是直译。看的时候会觉得"这是故事梗概吗"？我的小说如果只剩下故事梗概，那就没什么魅力了。

河合：如果只剩下故事梗概就没有厚度了。不过英语原本就是这种语言吧。但是德语啦，意大利语啊，如果真的要拿来演讲，没有自己的风格是不行的。尤其是意大利语，毕竟是从罗马时代就存在的语言。演讲的时候不注意"自我风格"是不行的。德语和法语也是。英语的话，把自己想的东西原原本本表达出来，大家反倒比较容易接受。但是在别的国家如果不抱有演讲者的风格，那就不能被称为演讲者。我是做不到了。意大利语这种拥有很长历史的语言，翻译的时候必须更深入地思考斟酌。

吉本：意大利语的版本译得非常好。

河合：也有法文和德文译本吧。

吉本：是，但都没有意大利语译文那么精彩。语种不同，向读者传达的方式不太一样。意大利语在场所和事件种种方面都有很好的平衡感。有很多是我自己都没想到的，很有趣。只能全权交给对方，自己绝对不能这样那样地指手画脚。写小说其实也是一样的，会有那种感觉。如果自己抱着这样那样的明确目标，反倒不行。该来的总会来的，"静候时间"这种感觉吧，总会顺利完成的。

河合：我觉得生存本身也是一样的。自己的意志并没有努力去生存，（笑）而是乘着迎面而来的东西轻飘飘地前进。

吉本：有没有什么"绝对不会去做"的事？

河合：当然讨厌的事是不会做的。但真正出于本心的行动很少。刚才提到的美国演讲也是别人邀请所以就去了。在被拜托之后我也会选择，喜欢的接受，讨厌的拒绝。总之现在我就是这种状态。写文章也是。今后写书可能能快点。被邀请的时候如果觉得"写不了"就会立马拒绝。想写的东西和"写写也无妨"的东西我会去写，不想写的会当场拒绝。

吉本：一直都是这样吗？

河合：不是，刚开始有人找的时候因为很开心所以也会勉强答应下来，然后查资料写文章，现在已经不会了。

吉本：我长期都处在被约稿但没法做的状态，一直都在道歉。简直是边说"不好意思，不好意思"边活着。（笑）

河合：我也经常说"不好意思"。

吉本："不好意思"在日本可是非常重要的词。

河合：确实如此！我进京大[1]校门的时候也会说"不好意思"。（笑）在关西进别人家的时候要说"不好意思"，不是"你好"，也不是"打扰了"，而是"不好意思"。

吉本：果然很重要。

河合：但问题是，"不好意思"不是"I'm sorry"吗？所以会在不需要说"I'm sorry"的时候说出来。结果对方就会一脸迷茫。（笑）简直从一开始就失败了，整天想着不管发生什么说一句"不好意思"就行。

吉本：语言的隔阂太大了。

河合：把"不好意思"当成"I'm sorry"完全是误解。去别人家的时候边说"I'm sorry"边进门会吓到别人吧。（笑）"Sorry,如果可以的话一定会做"之类的。有一次我朋友出了车祸，明明自己绝对没错却说"I'm sorry"，结果事情反倒没法顺利解决。我当时去的时候是1959年，日本人还没有欧美人的做派，被撞了第一反应就是"I'm sorry"。

吉本：日本人会立马道歉。

河合：对。所以对方就会说"你不是都说了I'm sorry了吗"。

吉本：对啊，是很严格的，毕竟是诉讼社会。

---

1 京都大学。河合隼雄曾在京都大学任教。

河合：对我们来说已经成习惯了，不说事情就完不了，心里会别扭。

吉本：首先得说一句"不好意思，您没事儿吧"。说完这句再来谈谁的错，怎么赔偿。

河合：日本人好像不怎么喜欢琢磨词汇，不知道为什么，我倒从小就很喜欢琢磨词语、俏皮话什么的。但是对美文名句之类的完全没兴趣，而且也不擅长。现在我还记得，中学课本里不是有自然主义[1]的文章嘛，我完全不觉得那有什么有趣的地方，大家却都一个劲说"好厉害""文笔好"之类的，我从那时候开始就完全没有文学细胞，这是板上钉钉的事实。我喜欢非文学性的东西，喜欢《基度山伯爵》之类的，虽然也有人觉得它不是文学作品。我也是从那个时候知道自己是非文学性的思维。吉本小姐呢？从小就对语言有兴趣吗？

吉本：其实不是，是完全不自觉的。挺神秘的体验。为什么自己会当作家，现在也没搞清楚。

河合：但是之前不是提到"很早就想当作家"吗？这很有趣啊。

吉本：也没什么理由，为什么会这么说呢。挺不可思议的。然后真就成了作家，这也挺有问题的。（笑）

河合：不，说不定本体里就有这种东西吧。

---

[1] 20世纪初受法国自然主义文学影响，流行于日本的文学流派，代表作家有岛崎藤村、山田花袋等。

吉本：冥冥中注定的吧。神的力量。

河合：说不定呢。我的朋友里有个叫希尔曼的美国人，出过一本叫《灵魂密码》（河出书房新社）的书。书里有很多关于小时候无意间说的话长大后都成真了的例子。

吉本：真的吗？人生的走向真是太神奇了。虽然人总是想以自己的样子活着，但又普遍都有一种"自我怀疑的机能"。我心里有好多层保护机制。大家总会觉得"我就是个没有才能的人""我就是一辈子当个服务生"。总这样想，大家就会轻易放弃，我的心里则有好几层挡板，避免这样想的挡板。这种东西不靠实际成就或许是掌握不了的，但也能从小积累起来。需要"决心"这种东西。简单的"决心"很容易崩溃。从某种意义上，我的决心可能已经到了病变的程度，被加了好几重防护。所以不是经常有那种觉得"我一定可以"的人嘛，决心被保护得很好，就真的能成功。

河合：对。

吉本：虽然没什么根据，但就是觉得"我能变成有钱人"。从小就这么觉得。不知道为什么，但就是坚信"我，会变成有钱人"。结果就成真了。

河合：奥运选手里不是也有这种人嘛。他们从小就说"我一定能拿到金牌"。这种事绝对有。

吉本：在天性上加了好多层决心来巩固，绝对不会让它崩溃。在还没怎么读过书的情况下就说出那样的话，真的非常厉害。那种时候就像是已经习得了一种微小的技能一样，产生出一种防护机制让天性更强大。所以就算会萌生"明明很不擅长"之类的情绪，那个防护机制也会立马出来说"不，没有那回事"，把自己说服。是特别有趣的机制。如果能拥有这种程度的决心，我觉得谁都能成功。区别在于能不能获得这种决心。

河合：对。

吉本：我觉得以女性做例子最好理解。会有明明拥有相同容貌的两名女性，一个人非常美丽，一个却一脸颓废（笑）的情况。这个就是个人的问题。自己觉得自己可爱的话，周围的人也会这样觉得。人类在看不到的地方会产生很多交流。明明拥有相同的容貌，如果想着"我长得真丑"，自己的态度就会变成那样并且传达给别人。然后慢慢积累起来，真就变成那样了。"想当作家"跟这其实一样。不过就算这么说，也并不是真就那么乐观。"想当作家""肯定能成为作家"的心情和"肯定成不了"的心情其实是同时存在的，如果不能长时间地、坚定地怀有"绝对不会崩溃"的决心，恐怕还是实现不了。

偶然性与生存

河合：写《不伦与南美》的时候，吉本小姐有为了写小说去旅行吧。什么感觉？觉得有趣还是说会有点累？

吉本：我完全是"全凭机遇"的状态。也没法提前全考虑好，稍微做一点准备的状态下，凭着灵光乍现的点子行动。能不能"啪"的一下牢牢抓住乐趣就得靠自己了。

河合：确实。

吉本：所以我不会去冥想，只会适当地睡一会儿醒一会儿。灵感总是会在意外的地方出现。这点很有趣。

河合：但是如果去了以后能捕捉到很难得的好句子总是好的。

吉本：在门多萨城看到突然被风吹起来的悬铃木叶，我觉得很寂寥。去之前没想到能在南美体味到这种寂寥，真的是非常寂寥的感觉……

河合：城市名取得好啊，"麻烦鬼（门多萨）[1]"。（笑）

吉本：不过确实感觉大家都遇到麻烦了。（笑）没什么活力。年

1　日语中麻烦与门多萨读音相近。

轻人也好，老年人也好，全都没精打采地走在风里。

河合：重要的不是事先做安排，而是让身体自行感受。能做到这一点就会有有趣的事情发生。

吉本：好的事情会自然涌现。"追随内心"很重要。这并不是抱有过多的自信，而是既然来了就随着性子做呗。有这种决心的话，最后都会顺利的。

河合：追随自我不是因为有什么根据，偏偏就是因为没有根据才要追随自我……

吉本：虽然没有，但是会隐约觉得"应该没问题""肯定能应付"。本来很无聊，比如在机场待机时，眼前突然就发生了有趣的事，这个事情竟然意外地成了小说的动机。哪怕是撒谎，如果不信任自己那绝对会失败。因为不安而预先拼命调查反倒会陷入混乱。

河合：非常同意。

吉本：从这个意义上来看，比较无聊的就是去埃及的旅行了。就是冲着金字塔去的，所以真的就只有金字塔，一点意外感都没有……

河合：一去埃及四面都是金字塔。（笑）

吉本：如果这样还算好……大不了觉得"跟想的一样啊"。这个度特别难。能像南美一样充满意外就好了。去看金字塔之前做了调查，结果就变成眼前出现的只不过是调查到的东西而已。当时觉得"如果这样写下来那得多无聊啊"。所以也有过这种失败案例。调查完了说"图坦卡蒙是这样的"，这种小说写法也挺奇怪的不是。

河合：如果是旅行日记的话还好。

吉本：是啊。结果就变成了"在沙漠的中央屹立着金字塔"，一点也不有趣。"夕阳的余晖中泛着金色"，太无聊了。很麻烦的，简直就像是惩罚一样。经过一番事先调查以后再去那些稀松平常的地方旅行就是这种下场。

河合：埃及的这种问题特别明显。那里已经无法轻易出现意料之外的事件了。而且如果去了埃及结果写了完全不同的事情反倒很奇怪。埃及给人的固定印象太强了。

吉本：确实。就是狮身人面像和金字塔。

河合：明明讲的是去埃及的事，如果既没有狮身人面像也没有金字塔又很奇怪。

吉本：这也是因为自己实力不足没法成功找到有趣的题材。所以每当这种"什么都没有"的感觉出现时，我就深感以取材为目的的旅行非常难。

河合：去埃及也是为了小说吗？

吉本：是。为了小说去的，结果失败了。因为大家太熟悉了，而且太庞大了，埃及拥有自己的意义……自成一体。我觉得我完全没有割开它介入其中的余地，于是越写越干涩。估计写东大寺的大佛[1]也是同样感觉。

河合：（笑）

吉本：太多的人去看它，去写它，去思考它，已经没有我的空间了。于是去南美的时候随便收拾了一下就去了，结果效果很好。要说完全没有期待吧，其实也是有的，我不喜欢坐直升机，本来定了在巴西大家要一起坐直升机的，结果我最后还是说不坐。因为是我的取材旅行，我不坐大家也就都不坐了，集体决定"放弃直升机吧"，结果我们事务所的铃木，是个特别不会看脸色的孩子，（笑）特别纯真，居然说"可我就是为了坐直升机才来的"。大家都觉得"又不是你的旅行"，结果这孩子说"我好不容易到这儿了，坐直升机是我的梦想，坐吧，吉本老师"。于是我就这么被逼着坐了，结果偶然地，成就了那本书的最后一篇小说《窗外》。

想着"啊，结果还是坐了"。后来铃木还说"我就是为了看南十字星和坐直升机才来的哦"。我当时一边想着"你小子在得意个什么啊"，一边又觉得赞同。一起去的其他工作人员都觉得"您不想坐的话没关系的"，只有那小子口无遮拦。我后来想想也觉得他跟着我坐了三十多个小时的飞机，辛辛苦苦地工作，满足他这点愿望又算什么呢。

---

1 东大寺位于奈良，里面的木刻大佛为日本的国宝之一。

河合：说得也是啊。（笑）

吉本：结果我坐了以后感觉非常好，还完成了最后的小说。我得谢谢铃木君。（笑）像这种被偶然性支配的事情特别有趣。

河合：我觉得要好好思考一下偶然性和生存的事情。其实我的工作也可以叫作"偶然专家"嘛。（笑）

吉本：好关西味的职业。（笑）

河合：真的啊。因为是在等待偶然性的事件发生。

吉本：怎么说呢，如果不能追随自我的直觉，偶然性也就是从眼前一闪而过而已。

河合：对对。还是得追随自我。

吉本：这不是什么超能力，只是特别自然的事。

河合：嗯。超能力者的思维应该是"自己去制造事件"。我们则觉得自己没有去制造任何东西。只是随性地乘上偶然发生的事情而已。只不过在它到来的时候需要去决定是"乘上"还是"储蓄能量"。哪怕稍微偏差一点也不行。偶然不是自己能引起的。

吉本：感觉像看着河水在流淌。"啊，上面漂着什么东西？刚才有三个杯子漂过去了，接下来说不定是水桶"这种感觉。

河合：对对。这才有趣。到底跟书上写的一样呢，还是完全不一样呢，是靠这种趣味性去完成的。当然我们这样的工作也有完全按照预定的模式，"这种时候，这样做就能治好"之类的。不过这种只能针对症状轻的人。

吉本："按这个顺序推进治疗,药品是这几种,哪月哪日怎样怎样",这种吧?

河合:嗯。当然,没有一个大致的预想也不行,这也很重要。但是这中间会发生什么完全是偶然的。能敞开心扉的人也会重视偶然事件,但这样(用双手比画出很小的缝隙)的人就算身边发生了有趣的事情也会视而不见。

吉本:不沿着自己计划的路走就不行……

河合:只能对自己预想到的事情起反应。创作也是一样的道理。

吉本:是啊。一旦决定自己非要这样完成,那有很多事情都没法去尝试了。

河合:要说完全是一无所知的状态也不行,得有个主轴在。但这个主轴之外会发生什么则一概不知,只有完成的时候才能恍然大悟一下清晰起来。

吉本:是这样。

河合:也有人虽然没有主轴,但是对完成的结果有清楚的概念。这个跟我们的工作倒有点像。

吉本:说到底并不是说必须只能靠自己或者凭借神力,而是说有很多很多的东西在决定。比如说有一个小说家决定要写某一个主题的故事,但是无论如何都没法深入,内心和主题无法契合,就在这个节骨眼上，现实世界突然发生了一件什么事，和自己的内部"啪"的一下接轨了，然后就写出来了。

河合：确实是这样。

吉本：我经常会觉得"这件事就是为了被写成小说才发生的"。虽然内容完全换掉了，却保持住了主题。

河合：写得不顺利的时候碰上的都不是好事，发生的全是不好的偶然。（笑）虽然这也挺有意思的，也挺愉快的。

吉本：写小说的时候，只要目的意识不发生偏差，基本上都能因为发生的偶然而顺利进行。比如有人来跟自己商量事情时，抱着"不以治愈为目的"的心情非常重要。写小说的时候也是，不要以让别人感动之类的事情为目的，基本上就可以。这本小说能不能回应自己内心的需求，关键是要跟这个合拍。一旦想着"绝不写什么样的东西"，那就完了。这样是不会发生任何偶然的，会变成一个僵硬封闭的空间，无法扩展。这跟"生存"问题非常相似。

河合：嗯，我最近也总在想。存在着一个自我的"器"，这个"器"是无法超越的。

吉本：就是这样。但是也有以某件事为契机，突然一瞬间超越了自己的"器"的时候。但那不是仅凭自己的力量，不能觉得那是自己力量的结果。

河合：对。一旦认定是自己的力量，接下来就会堕落成千篇一律的模式。

吉本：会自以为是起来。

河合：这个很好理解呢。毕竟我们相处的对象是一个个活生生的人。但是有趣的是，虽然同样是面对活生生的人，演讲这件事却已经变得千篇一律。演讲在日本完全是千篇一律的。

吉本：但还是能赚钱，还有人会鼓掌，大家一起感动得不行。（笑）

河合：运作方式完全是堕落的。真的。但是如果跟活生生的人一对一接触，大家就不会那样了。

吉本：我要是写出《厨房3》[1]《厨房4》《厨房5》的话……（笑）

河合：（笑）不过，虽然这么说不好，但确实有这样做的作家。

吉本：但是，就算是这样，大家还是会安心买来看。像在看《水户黄门》[2]一样。不过这个就是另一个领域了……

河合：《水户黄门》式的啊，我这个领域也有很多《水户黄门》。（笑）

吉本：拿出腌菜就能治好患者之类的。（笑）

---

1 《厨房》是吉本芭娜娜的成名作。1987年获海燕新人文学奖，次年获泉镜花文学奖。
2 日本TBS电视台的历史题材系列电视剧。

河合：对。真就是那样。下次写关于《水户黄门》的东西吧。

在流逝之中

河合：现在是因为忙所以没有去认识新朋友，但是不论跟人的交往多么顺畅，跟陌生人会面还是让我觉得恐怖。

吉本：那等于是一个新的开始，跟过往的经验都没有关系。

河合：没关系。发生的事情跟预想得完全不一样。慢慢能感觉到这种事了。做我们这个工作的人最怕处理的问题就是那种"什么问题都没有，没有烦恼，没有痛苦，没有症状。只是想了解自己，为了了解自己跑来咨询"的人。我们也抱着"那就见一下吧"的心态，这种情况基本上都会搞砸。

吉本：会这样？是问题不够迫切吗？

河合："了解自己"这件事其实很莫名其妙。如果轻率地实施，就会引起一些神经质的症状。这种人其实隐约预感到会发生什么可怕的事情。预感到这么放任下去，自己的内部就会大爆发。隐约能感觉到但又还没进入意识。抱着"我只是想多了解自己一点。像我这种健康人这么做，也是为了大家好吧"的心态来见我。

吉本：开始得太草率了。

河合：对，开始得太草率。这种时候我得好好对待才行。

吉本：要让各个环节完全接轨。

河合：所以，遇到这种情况，我们这一方必须好好思考。当然，我一旦受理了他的咨询当然会认真对待，必须花费很长的时间。有时候这种案例刚开始让人觉得"可能就一年左右吧"，实际上却会拖上十年。

吉本：会接二连三地出现很多问题。

河合：对。还有人说过"我本来一点问题没有，因为您现在变得这么奇怪"。

吉本：（笑）这太棘手了。

河合：还说"你要负责"。

吉本：被人讨厌了啊。

河合：被讨厌得很厉害。

吉本：而且，如果你反过去讨厌对方，或者吵架什么的，这不行吧。

河合：不会吵架。如果吵架了，仅凭吵架这一点，也会给对方发火的理由。

吉本：……好难。所以其实完全不是"我经验丰富，谁来都没问题"是吗？

河合：绝对不是。

吉本：如果这么说那就是撒谎吧。

河合：不过，某种程度上也能保证。但就算能保证，也如"王牌打者[1]也只能打中三成"所说，就算成了王牌打者也不可能保证每发必中。

吉本：这种说法本身就……

河合：对，不可能。能说出"我是厉害的选手，击打率百分之三十"就很厉害了。虽然现在有能打中四成的人了。（笑）

吉本：但是不可能一直保证。

河合：我们这个领域经常有自以为是、结果造成失败的例子。

吉本：在更大的结构中，世界在运作。

河合：对，只能认为在一个大结构里运作。

吉本：如果能认识到这点就能乘着水流前进了。

河合：是。

吉本：确实，我不是也有过去埃及的经历嘛。（笑）又来了。（笑）当时我确实觉得反正有金字塔，就算其他什么都没有也行。结果发现真的什么都没有的时候我还是被惊到了。（笑）事后认真反省了，真的。

河合：金字塔太大了。（笑）

吉本：如果是个利用现代技术做成的东西那还有的写，但是要写

---

1 棒球比赛里负责击球的选手。

当时的技术，真的驾驭不了，那个三角。（笑）虽然也不是说多自以为是，但一心想着"调查了那么多肯定没问题，历史知识也有，可以出发了"，自己这么想真的很失败。我觉得这才是对我来说最大的挫折。

河合：跟写历史小说完全是两码事。

吉本：对，《图坦卡蒙如何被谋杀》之类的故事我可不想写。这样的问题交给吉村作治[1]先生就可以了。我是因为想遇到什么事情才去那里的，失败了，所以总想着"不对，还有更重要的事，还有没写到的东西，肯定还有"，反省了大半年。这和外界的评价好不好没有关系，是自己内心的判断。

河合：确实。我的话是演讲，靠演讲时说的东西来自我判断，其实也挺有趣。（笑）如果说了自己预先没想到的东西会觉得"讲得蛮好的嘛"。（笑）就算想着"这个意外的事情一定要记住"，一转眼我也会全忘掉。

吉本：但听的人会记得。

河合：自己也会想"到底怎么做到的"。

吉本：只留下好的记忆。

河合：不过，跟咨询者见面时候的话，我忘得更多。

吉本：这个是由两个人的关系决定的吧。

---

1 吉村作治（1943—），日本考古学家、埃及学家与早稻田大学名誉教授。

河合：对，这完全是两个人的关系里流淌出来的。当时想着"就是这个方法",事后却完全不记得。

吉本：我也是,会像这样跟状态不太好的人聊天,如果想着"要顺利解决",那绝对会很糟糕。我不是专业人士,也不是真的在接受咨询,但是确实很多状态不好的人会在电话里跟我倾诉。但是我也一直在琢磨,就算不是专业人士,也会去琢磨。我心里觉得"感动了自己,也感动了对方,太好了"的时候效果绝对不好,完全不好。反倒想着"随便吧"的时候,意外地能让两个人都得到治愈。

河合：特别不可思议。

吉本：被别人治愈的时候也是一样的。

河合：对。我觉得自己要是没做这个工作,精神多半也会出问题。多亏这个姑且算正经活着。(笑)真的有这个功效。

吉本：如果河合老师是个普通的公司职员会怎么样?

河合：搞不定吧。肯定很受罪。

吉本：会得各种精神疾病。

河合：对对。

吉本：充满焦虑。

河合：怎么说呢,可能还是能应付一点吧。

吉本：但肯定会很压抑吧。

河合：本质上还是很正常的状态吧。会怎么样呢?虽然是很正常，但又有点不正常，大概会这样吧。

吉本：会成为冒险家，去很多地方吗？

河合：这个不会。我在周围人的注视下应该是什么都不会做的。

吉本：那内心有产生巨大危机的可能性吗？

河合：说不定会有。这样的话，那周围的人就得受苦了。虽然不至于变成双重人格，但确实有两面性。两面性特别严重，所以自己也搞不清楚了。（笑）

吉本：大家喜欢河合老师的原因也是因为您有能确切了解自己痛苦的深度吧。

入门的技巧

河合：关于"偶然性"我还想再说一点。十八世纪的西方小说里有关偶然性的描写非常多。但是随着时代变迁，到了今天，反倒有了排斥偶然性的倾向。如今，大家似乎都厌恶"很巧，主人公和谁相遇了，发生了一连串的好事"或者"突然间一些事情发生了"这样的写法，大家都认为和必然性连接在一起做出确切说明的小说写法才是好的。但我觉得这很奇怪。真正的人生本来就有很多偶然。

吉本：对，确实是。

河合：而且，以我自己的经验，重要的事情都是偶然发生的。人类周详计划、认真考虑过的事情基本都不是大事……

吉本：放松警惕、什么准备都没有的时候会突然……

河合：对，这种事情才真的能治愈人。

吉本：这样那样地考虑很多，准备充分的东西全都没用。

河合：嗯。然后在自己觉得全都没用的时候，真正的……

吉本：事件才会突然袭来。但是，以前的人都是抱着"只要鸟在傍晚的空中飞，就一定能捕到猎物"的价值观在生活的。

河合：大家不觉得有什么奇怪的。现在的小说则会拼命解释，不是有人说"现代小说是空想科学小说"吗？

吉本：都要写清楚前因后果。

河合：这不是真的科学，而且对虚构小说也完全不是好事。所以，如果真要写小说，不利用偶然性元素是不行的。

我们这个领域有"案例发布"的惯例。治疗这件事，有成功也有失败，"案例发布"就是把这些跟大家报告。如果我说"本来觉得可能没办法了，但是发生了一个偶然事件，一下就抑制住了"，大家就会说"这根本就是巧合啊"。

吉本：（笑）

河合：这种真的就是偶然。但是，如果说"我这样考虑后，这样做，然后这样做，然后这样做，最终治好了"，大家就会觉得是治疗。这里面有一种"偶然性没有意义"的思维。大家都想能准确地解释出来。会认为在报告场合说什么"因为某个偶然治好了"是不好的事，会被非难"那要怎么跟委托人解释治疗方法呢"的时候，我就会说"顺利的治疗都不需要说明，失败的才需要解释清楚"，失败的案例都是在逻辑上应该成功的。而真正成功的事例，则无法靠逻辑说清。

这其实跟吉本小姐之前说的一样，事物的流变整体上在往好的方面发展。

吉本：真的都能顺利解决的。考虑得多反而会失败。

河合：能解决。真的什么也别刻意去做。我们都是"偶然专家"，偶然领域里真的经常发生好事，而且都是重要的事。作品也是，我觉得每一个部分都能充分解释清楚的作品很奇怪。

吉本：我的话，希望读小说的人在内心有一块自由的空间。在这个自由空间里，不存在世界没有某样东西就不能称之为世界这样的逻辑。如果说有技巧的问题，那么技巧只是能让偶然进入这个领域的最低标准。如果没有这个，可能偶然就没法进入其中了。还是要保持在某个水准之上，肯定能从某个缝隙进入其中，但如果技巧太差，讨好读者，那就会变得很无聊。

河合：这个说法很有趣。这个在我的领域里也能用上。"技巧"是什么呢？其实在我的领域里，"技巧"问题也常被提到。这个问题被推到极端就是"人和人交往，怎么能有技巧？"虽然大家常说"爱情如果有技巧就好了"。

吉本：好像民间信仰啊。

河合：教育者里这样想的人很多，觉得"大家不要提技巧这种不人性的东西"。还有人会说"人类应该互爱"，其实这样说的人才无法爱人。

吉本：（笑）

河合：这样的人特别多。批判我们心理咨询师的人经常说"信仰的力量和爱的力量才是本质，急功近利是不行的"。这样的人在教育界和宗教界非常多。

吉本：说得倒也没错，但这简直跟说"被味噌汤烫了不要立马去擦"一样啊。我真想说"我当然知道这之前要先冷却然后消毒"。

河合：我真想说"你倒是做啊"。但是，让我们现在讲的这些能真正运用到生活中，这是非常重要的。

吉本：这是最低标准。

河合：好有趣。用这个我也能解释清楚了。（笑）

吉本：（笑）要被盗用了。

河合：我会好好说明是从你这里听来的。

吉本：（笑）没关系的啦。

河合：我就说吃了南美产的香蕉[1]。（笑）关于技巧能再多说点吗？

吉本：拿小说来举例的话，如果无法用自己的笔自由地调节诸如"如何写出心中所想""如何掌握节奏""这里的感情色彩应该炽热一些，这里应该淡然一些，很好地控制强弱"这样的事，不论有什么事降临到自己身边也无法顺利地表达出来。河合老师的工作中，肯定也有一项根本性的技巧吧。比如"和人交往，至少不要紧张""不要从家里给这个人打电话""不要一起出去"之类的。我说不好，但是应该有什么最低限度的要求，如果这些都不能顺利做到，那事情就会一团糟吧……

河合：有一点很重要，就是能否把事情用语言传达出来。

吉本：是吧。您的工作并不仅仅是见一个小时面这么简单，如果不能有效地用语言传达的话就很麻烦。而且语言以外的部分有多少说服力也很重要。敏感的人是能看出来的。

河合：绝对看得出来。不过我很喜欢。和比较复杂的人相处感觉就像两个人一起潜入水底。就在呼吸困难快要死掉的当口，这个人突然一下变好了。对方告诉你"状态变好了"，自然会回应"那太好了"。"那接下来继续这样进行怎么样？""好的。""之前很辛苦吧。""多亏了老师，要不是您，我觉得自己应该已经死了。多亏了

---

1 日语中香蕉和（吉本）芭娜娜的发音一样。

您，才走到今天。"听了这种话，我自己心里也会开心，想顺着这个节奏进行下面的治疗。结果对方回家以后觉得"这么辛苦终于才到今天啊"，半夜打来电话说："河合，你今天那是什么态度。我只是说稍微好了一点，你那么开心干吗？"

吉本：怎么这样……还真是敏感啊。

河合：我也稍微浮起来了一点。可以一起浮出水面，但是你不能比对方浮出得多。

吉本：怎么觉得有点落寞呢？

河合：有趣的是，两个人交谈的时候，对方并没有觉得什么。我也只是觉得自己帮到别人了所以有点开心。结果回到家，夜里十二点对方突然觉得"搞什么啊，这家伙，扬扬得意个什么"，然后事情就完全朝相反的方向发展了。

吉本：别人跟自己说的话变成了蓄意捉弄。

河合：女生也说出了"太过分了，我要打电话去""河合你这家伙"这样的话噢。然后更失败的是，我觉得对方说得挺对的，于是就回答"对不起，这是我的失职"，对方回应"老师这是失职了"后，我自然说"对，是失职了"，最后对方说了一句"那我懂了"就挂断了。结果，第二天早上就打电话来说："老师，您昨天说自己失职了吧，那我能去举报吗？"

吉本：啊，好复杂。那怎么办？

河合：经常会有人说："您既然大方承认了自己的失职，既然作为专家还犯了这种错误，那就请把咨询费都退给我。"

吉本：那怎么办？还有刚才的案例最后怎么办？

河合：其实最重要的是搞清楚"那个人真正想说的东西是什么"。

吉本：那个人……

河合：对，那个人"到底是想说什么"。

吉本：原来如此。

河合：刚才的案例，对方想说的其实是"不要再在这种事情上纠结了"。我因为觉得自己有点失职，所以就纠结于此，磨磨蹭蹭。这其实造成了对方的不安，多余的不安。为了消除这种不安，唯有让对方尽情地说。虽然我没有类似的经历，但去心理咨询室做指导的时候经常听到这样的案例，对方说"退钱"，自己就真的老老实实说"好，退给你"……

吉本：这反倒会让对方失望吧。

河合：对啊，我会很失望。而且我还会说"不是你让我退的吗"。

吉本：这……

河合：会让人沮丧。

吉本：这也是一种技巧吧，进退的策略。像武士一样……

河合：对方说"退钱"的时候，如果我回答"不要这样说，好好加油。我也会努力的。再试一试吧"，这事儿就解决了，很干脆地解决了。

吉本：如果对方说"退钱"，自己也说"如果要诉讼的话，我也不会退让的"……

河合：那不就白热化了吗？

吉本：好惊险。很惊险但很有趣。

河合：所以，要在冲突白热化以前"啪"的一下修复好。比如我说"是我的失职"后，在对方说"既然您失职了，那我会提起诉讼的"的时候来一句"哎呀，你说什么啊"，然后像我们刚才说的那样说："王牌打者能始终击中球吗？不会偶然失败吗？就算是专家也会啊。稍微失职了一下就那么严重吗？"这样一来，对方就不会说什么了。

吉本：如果错过这个时间点……

河合：错过这个时间点就能吵起来了。

吉本：果然这就是身为专家才会懂的技巧啊。

河合：去回应对方最想听、最想说的话是不会有错的。

吉本：这才是真正的爱吧。真正的技术才是真正的爱。

河合：还有一个我经常举的例子，是一个得了"觉得自己很臭"的精神病症的人。他觉得自己发出了很奇怪的臭味，当然实际上并没有。这个人最早是去看皮肤科，皮肤科的医生当然查不出什么问题，于是就让他去做心理咨询，然后他就来我这里了。刚来我这就说"我身上有臭味"，我回答了一句"哦"，然后就聊别的话题了，因为这是存在他心里的东西。"有一次怎么了""那次怎么了"，我一边回应一边让他下次再来。他第二次来的时候也完全没有说臭味的问题，完全没有。而是完全顺着自己心理问题的轨迹进入治疗，最后顺利地治愈了。但是，一旦感到目前的对话不顺利，对方就突然把自己的身体凑到我鼻子边说"老师，很臭吧"，这种时候如果说"很臭"那就是在撒谎。但是如果说"不臭"，那对方就会特别生气。因为他自己觉得臭，所以会说"骗子""不要讲这种客套话"。不能说"很臭"，也不能说"臭"。这种时候想着"到底说臭还是不臭呢"就错了，必须去思考"他为什么会被逼到这种境地"。对方是被逼得走投无路才会来逼问我的。于是我就要去思考是不是哪里出了什么问题，于是想起上一次的会面，就说："之前，你来的那次，因为紧接着有个演讲，所以老是注意着时间，最后十分钟没有仔细听。"结果对方就好好坐下来不再讲臭味的事了。成功消解了臭味的话题进入了正常的谈话。有趣的是，对方是说不出"老师，上次最后十分钟你没有好好听我说话吧"这种话的。

吉本：如果说得出倒也好，但他说不出来呢。

河合：说不出来，但他就会意识到臭味是以这种形式溢出的。这么想，这个人发泄的途径就是"臭味"。这对他来说是与人交往时最好的路径。当他控诉"我是不是很臭"的时候,其实是想说"帮帮我"。

吉本:如果破解错了就糟糕了。

河合:这种时候,我们进入他的路径,说"臭""不臭"其实不能算是回答。

吉本:如果是周围的普通人,应该会几十年不变地回答他"一点也不臭"。虽然自己总是说"很臭啊",周围的人也还是会一直说"不,根本不臭,不要担心"。

河合:以他的角度看,就会觉得"这些是根本不能理解我的心情的人""老师您是能理解的人"。但是,你要说"臭"还是很奇怪对不对,就显得多余了。

吉本:会变成"果然啊,连老师您都说臭,那肯定就是臭"。好复杂啊,这工作太难办了……

河合:对,所以这种时候要回到源头,回溯到对方最想说的东西,抱着只要在那里不论怎么交谈也能应付的自信,就算谈到一些棘手的话题也没问题。"臭不臭"的问题还好,还会有"死亡"和"谋杀"的问题。

吉本:遇到这种问题其实自己也会紧张,感觉会朝错误的方向发展。

河合:对。不过,难得的是,就算哪怕一点点失职的发言,对方也会察觉出来并笑话你。这真的是非常难得的感受能力。我非常佩服这一点。从这个角度来说"难得"到底好不好呢，毕竟这种人太少了，一般人肯定随便糊弄一下。

吉本：一般人就是喝着茶聊着天气，说着"对啊对啊"。

河合：他们，怎么说呢，非常直率，那种能量很惊人。所以，会想稍微逃避一下。但是，稍微一逃避问题就扑面而来。

吉本：所以大家才会一路逃，逃到咨询室去。

河合：对，"你也逃过来了啊"的感觉。

吉本：希望找到一个能一下让自己刹住车的地方。

河合：嗯。相对地，我们就得整装待发。好好吃饭，好好睡觉，调整身体等着。如果能一下子制止那当然好。

吉本：在您的人生里有没有那种特别艰难的时期？

河合：有的。那个时候就觉得很困扰。

吉本：有想过放弃工作吗？

河合：有过，非常疲惫。

吉本：果然还是有的。

河合：我会觉得"是我的精神出了问题""我是不是快死了"，感到很累。

吉本：那最后是怎么克服的呢？

河合：在连自己也搞不清楚状况的时候，身体里还是残留着"要去治疗"的感觉。在身体某处还是残留着"这样做""那样做""如此一来"这种意识。不克服不行。

吉本：原来是这样。

河合：有趣的是我身体里面要去治疗患者的那种冲动被拔除，整个人轻松起来的时候见了作家远藤周作，他一看到我的脸就说"啊，您有变化啊"。

吉本：在自己都不知道的时候。

河合：嗯。

吉本：感受能力真是……

河合：很重要。接着他说"之前其实很担心您的身体啊，但是，感觉您现在已经好了"。当时觉得太厉害了。所以一旦从那种东西里解脱出来，整个人就变了。但是这么说也很奇怪，人生不是那种能随便解脱出来的东西啊。

吉本：还得向下一个阶段进发……

河合：不能想着"解脱了"。

吉本：我是解脱了，不管谁来都行，交给你们吧。（笑）

河合：对。这么想就糟了。所以，解脱到一定的限度就行。但奇妙的是又没有限度。不过怎么说呢，这种时候就得有个适合的、厉害的人来提醒。

吉本：感受能力强的人所拥有的力量真的太惊人了。感觉自己的脖子被勒紧，不断挤压，让人想拼命逃出来。

河合：这种时候大家都会说着"没关系啦""努力加油啦"之类的来逃避。然后那些感受性强的人就会感觉被大家疏远。

吉本：被大家疏远着疏远着……

河合：所以他们会来到最后的悬崖边，准备以全身的力气来决战。所以我们也必须要严阵以待。

吉本：他们要把目前为止所有积压的东西全部释放出来。

河合：对啊，有很长历史的。

吉本：要以个人的力量来对抗的话……

河合：对，如果用我个人的力量来对抗，是无法治愈他们的。我几乎没有给对方我个人的力量。所以，跟这样的人会面，并不会让我觉得累。或者说会累但是很快就能恢复。相反，如果自己的肩膀聚集了太多的力反倒会累，很难恢复，因为有多余的力量进来了。

长笛授课

河合：意味深长的是，我们两人共同的兴趣——长笛里也隐藏着刚才说的东西。别想着"我正在吹长笛"，而是双肩放松轻轻地吹出去就好。但又很难做到。不知不觉就卡壳了。（笑）

吉本：肩膀带着劲，呼吸变弱。

河合：被老师骂就以"我还得做好多吹长笛以外的事"为借口。（笑）这跟刚才提到的技巧问题是共通的。

吉本：是啊。

河合：对心理治疗很擅长，但吹长笛却不行。吹长笛得有吹长笛的技巧。

吉本：要是吹得好，可能会放弃本行成为职业长笛手之类的……（笑）

河合：太对了。（笑）

吉本：靠学习长笛而治愈了的问题很多。当然也有痛苦。

河合：道理自己都懂，但乐趣就在于"不就是这样嘛，但为什么不行"。明白道理，觉得大体上不就是那样嘛，重点是下半身用力稳定，轻轻地吹出去。但不知不觉就会不光下半身用力，上半身也蓄着力。（笑）

吉本：怎么都吹不出音的时候人会很烦躁，觉得丢脸。明明其他的事情做得那么好，怎么这个就不行呢，甚至变得自暴自弃。但重要的是通过学习体会到这种心情，这样才能找回自己的初心。

河合：对。而且这种教学方式，也对我现在给别人教学起了作用。如果老师的教学方法很巧妙，对方也会一下子明白过来。

吉本：学的时候觉得吹有点蠢，但现在会觉得"啊，这里面是有深意的，有更深邃的世界"。

河合：去学习，这件事情本身非常重要。

吉本：开始的时候想着"换气"，但实行的时候就是做不到。（笑）

河合：觉得"工作很快乐，兴趣反而这么痛苦"。（笑）

吉本：不过，确实是啊。学了两三年也完全吹不出东西来。最近终于掌握了点技巧，能吹出音了。

河合：明年我哪次表演的时候你也一起来吧，两个人一起对谈然后一起吹安可曲怎么样？

吉本：哎呀，我还没到那种水平，现在还在吹《爱情是蓝色的》[1]。

河合：那种就很好啊。（笑）

吉本：绝对不行。（笑）绝对不行。我会紧张死。

河合：但确实很巧啊，两个人都吹长笛。又没事先商量好。

吉本：也是为了应酬。（笑）

河合：我的话是因为学生时代第一次听管弦乐演出的时候，觉得双簧管的音色非常好听，本来是想学双簧管的，但是太贵了。

吉本：哎？因为这种理由？

---

[1] 法语歌曲《L'a mour est bleu》，Andre Popp作曲，1967年发表。

河合：对。长笛很便宜嘛，打工就能买到二手的。也是有这种原因在，虽然现在觉得长笛很适合自己，但当时是想吹双簧管的。

吉本：那教学呢？

河合：现在在做。学生时代加入了业余管弦乐队，但是因为吹得太烂兴趣渐渐消退，变得讨厌了。后来年龄也上去了，所以想去做点什么事。

吉本：原来是这样。

河合：当时在考虑要不要做自己不拿手的事情，最后还是决定重拾长笛。这次是当了老师了，不过最早是去学习的。说到底，学习还是很重要的。

吉本：学长笛这件事让我知道自己太容易自满了。即使是学会长笛也没资格自满。而且我不是为了在人前表演。不想为了任何人，只是想为了自己做一件事。

河合：原来是这样，有意思。

吉本：其他的事情大多跟工作联系在一起。想做一件只取悦自己的事，却意外地很难。本来很想学个吉他什么的，结果完全没进展。偶然去占卜了一次，对方居然说"你前世吹过长笛"，于是就以此为契机了。当时正好有机会跟吹长笛的人会面，跟对方说"我准备学长笛"，结果对方说"刚开始学乐器的时候，千万别买两三万的器械，哪怕是为了说服自己坚持下去也要买个十五万左右的，这样才能不放弃坚持下来"。就这样开始学了。一开始完全停了工作,因为会成为吹不好的借口。

河合:对对。

吉本:"啊,搞错重点了"之类的,给自己找借口。

河合:绝对会这样。吹长笛会让自己的缺点凸显。

吉本:反正也能吹出音了……

河合:在很多地方都是。到了我们这种年纪,已经很会隐藏自己的缺点了……虽然有时候还是会暴露出来。(笑)可是就算想先隐藏起来,到了吹长笛的时候,也会原原本本暴露出来。

吉本:比唱歌暴露得还狠,比如说那天的心情身体状况什么的。可能如果熟练掌握技巧的话,不论怎样的身体条件、精神状况都能吹出一样的音,但因为没有技术,自己一吹就会知道"今天的心情是这样"。练习也是,本来觉得今天好像能吹得不错想多练习一会儿,结果去了却完全没有气息。就算自己觉得"现在状态很好",也能一下子察觉出不对。明明拼命练习了却吹不好的时候就会觉得"明明练习了啊"。如果是工作绝对不会有这种心理,感觉好像回到了小孩子的心理。

河合:对对。真的会发出很多孩子气的感慨。

吉本:在自己内部,那种在某个领域有所突破的自信会蔓延开来,造成很大的冲击。"学习"真的是一件有趣的事。

河合：我经常梦到长笛，在不吹了的那段时间里。觉得不该放弃。

吉本：哎？说明您很想吹。

河合：比起这个，更准确地说应该是它和我的失败捆绑在了一起，"不行，我真的做不到"这种。出现的方式有很多，长笛也以不同的形态……

吉本：象征……

河合：对。而且我是那种不会表达自己感情的人，反倒会在梦里清晰地显露出来。

吉本：在长笛里完全显露出来了，不光感情，所有的一切都是。难过的时候就算吹欢快的曲子也会变成难过的调子。

河合：（笑）确实。

吉本：这么说的话，可能显得很厉害，但其实完全不行。真的只是勉强发出声音的程度。

河合：耳朵好的人可能能理解，但我就算被说了也不懂。老师说"这里，再高一点"，吹了以后老师也说"这就好了"。虽然我完全不懂哪里好了，可老师都这样说了。当时就想"第二次还能做到吗"。（笑）

吉本：（笑）吹出同样的音就是技术了。

河合：长笛总算一点点在进步吧。其他的事情完全没进步，但它的进步是眼睛能看到的。就算练好了一首练习曲我也会很开心。

吉本：我最开始并没有公开身份，老师不知道我是谁。我这种样子，突然出现在那儿，大家对我是干什么的会完全没概念。既不是主妇，又不是白领，也不做家务，还很有空闲……完全是个谜一样的存在。

河合：（笑）好有趣。

吉本：长笛老师完全把我视为"来历不明"的人在教。我一年都没说出实情。所以那段时间重新发现了不是作家的自己，有很多想法。

河合：我刚去练习的时候递了名片过去，对方一脸惊讶地说："是那个河合老师吗？"（笑）

吉本：冒充。（笑）

河合：不好意思，看起来像冒充的。（笑）

吉本：我就是因为这个所以有一些东西得到了恢复，或者说在向好的方面发展。以前有一次坐出租车，跟司机聊天时被问到了职业，我因为害怕而没有说出实情。但最近跟长笛老师坦白之后，就变得能够讲出来了。虽然我显得一副满不在乎的样子，但最开始莫名其妙出名以后被伤害过，所以现在没法对初次见面的人说出口。特别害怕别人说"哎？原来是吉本芭娜娜啊"。司机里不怎么认识我的人还好，但遇到比较年轻的人，对方的反应总是让我震惊。比如会说"能来我家亲戚的结婚典礼演讲吗""我朋友在做内部刊物，要不要来连载"。太可怕了。这种时候我一般会说"这个只能通过事务所来处理",本来算是顺利敷衍过去了,却因此对自己的职业产生了自卑感。所以练习长笛的时候没有公开身份。而且还会跟老师顶嘴、不来练习、因为没时间所以经常休息什么的,总之作为最糟糕的学生学了一年。然后,第一次跟老师坦白名字的时候,突然觉得"这也不是什么难以启齿的事情啊"。从那以后,无论是坐出租车,还是面对初次见面的人,就都能说出"我是作家"了。

河合:那老师是什么反应?

吉本:"哎?原来是作家啊",还说"回家以后跟妹妹讲,结果妹妹很生气地说'你搞什么啊,一般人都会察觉的啊'"。(笑)在傍晚这种奇怪的时间有空闲,打扮又有点讲究,又不是主妇……

河合:(笑)确实,既不是这样,又不是那样。渐渐就排除了。

吉本:因为我只说是有写东西,所以对方觉得是自由撰稿人,跟妹妹说了以后,好像被妹妹教训说"但是知道姓吉本,知道是那张脸,怎么会不明白啊,你搞什么啊"之类的。特别搞笑。从那以后跟老师关系变得特别好。但是老师的态度并没有做什么改变,依旧是很好的关系。在出租车上担心的那种让人不愉快的事情并没有发生。

河合:这还挺有趣的。

吉本:有时候还被说什么"那肯定很有钱吧"之类的,特别恐怖。被年长的大叔这样说特别可怕,很怕提到"我可是被裁员了"之类的话题。不过现在能说出"对,托您的福,过得还不错"之类的话，对方也会回应"这样啊，很辛苦吧，加油啊"。感觉还不错。觉得自己必须要克服。被长笛和长笛老师治愈了。而且一年里的默默坚持也让自己有了自信，所以决定"试着告诉她吧"，这就是身体内部有好的东西生成的瞬间吧。因为大家都有自己的职业，没什么好觉得羞耻的。但是，以前对这件事情有那样的想法，自己这个人一定是有哪里病了，被禁锢了……所以想把长笛吹得更好。

河合：我也是，总是说着"没什么练习的时间啊"，但其实就算有时间也没怎么练。说着"没有、没有"。（笑）

吉本：音乐不是语言，这一点对我最具魅力吧。因为语言是自己的专业，所以怎么写怎么说都会。

河合：是啊。

吉本：自己没有的才能，或者说不擅长的东西就是音乐。其他的比如舞蹈之类的也是，但对我来说也属于音乐一类。不是强词夺理，因为跟身体条件有关，所以不能随心所欲。

河合：对。无法随心所欲这一点很好，但还是会懊恼。（笑）

吉本：如果是语言的话，什么都能做到。想着"这里稍微强烈一点，或者稍微柔软一点，不就好了"，但音乐的话却无法做到。

河合：小泽征尔先生有一个哥哥叫小泽俊夫，是民俗传说的研究者，他指出传说和音乐的共通点就是"重复很多"。传说里有很多重复的吧。传说吧，是本来就流传着的东西，但如果不一直重复地讲述它，就无法深入人心。音乐也是，提示主题的时候会重复相同的旋律，会转调什么的，如果有第一主题、第二主题的话，那就更像了。因为是小泽征尔的哥哥，所以对音乐很熟悉，这点很有趣。演讲从某个层面说也很像。演讲里也有重复。

吉本：而且演讲，除了语言本身，也有声音的部分。

河合：而且，大家明明心里明白，但是听相同的内容还是会很开心。某些地方稍微改变了，或者展开了，或者结尾延长了。我就会问别人"怎么样这里？怎么样这里？"（笑）

吉本：那里延长了。（笑）

河合：而且我的工作本来就是倾听，所以基本上一直是聆听者。听到的东西也绝对不能外泄。

吉本：用语言讲出来就是犯罪了。

河合：一开始没有意识到这件事。做的过程中才会发觉"原来是这么一回事"。长笛能让它们"啪"的一下释放出去。聆听者是很辛苦的。

吉本：在一个一个的音符里包含了这种释放的力量。

河合：嗯。虽然当时没有意识到，但对健康不是挺好的吗？因为听到的语言是绝对不能泄露出去的。

吉本：这样啊，不能泄露但是又知道，所以就积压起来了。

原来如此的对话

河合："对话"是我的职业,我认为没有比它更重要的事了。在这个职业关系里我们被训练成聆听者,聆听先于对话。普通人则以表达为优先,这是我们的差别。

父母与子女对话时,父母经常犯的错误就是,孩子说了什么以后,比如说"今天考试了",父母会立马来一句"考得好吧"这种肯定预设的回答。或者孩子说"今天去了亲戚家",父母就会问"好玩吧"。其实孩子说不定受了委屈回来的。但父母那样说,孩子就算觉得"不好",也会点着头说"嗯"。"挺好的吧。""嗯。""那下次再去吧。""嗯。"虽然看起来是对话,其实只是大人单方面在说话,孩子只是回答"嗯"而已。这种例子特别多。

吉本:那这种情况通过训练能改善吗?

河合:能吧。我们受过训练,所以如果小孩子说"去了亲戚家",我们只会回答"嗯",不论对话往哪个方面发展都能接下去,冷静地等待。

吉本:那现实中,或者说普通生活中,会出现这种训练中的内容吗?

河合：某种程度上是会出现的。但普通生活会有点不同。在普通生活中有时这样做，会让对方困扰。日常生活都是要尽早结束对话为好。比如看完电影说"真开心啊""是啊""那改天见了""嗯，再见"。如果看完电影说"真开心啊""是吗"，那就必须把对话进行下去。这样一来就得继续说，继续说但又很不得要领就容易陷入危险，陷入不好处理的境地。日常生活中的对话还是要避免这样的。因为我们是被训练过的，一旦进入工作的状态就要用完全不同于日常生活的步调来聊天。

吉本：是这样吗……

河合：虽然看起来就是普通聊天，但其实区别很大。这就是训练。两个人相遇会产生很多非常有趣的影响。所以一般人想说"昨天去了大阪，结果遇到了特别讨厌的事情"的时候，看到对方一脸疲惫才会停下。我们则只会说"昨天去了大阪"，不会再多说。如果对方一脸期待，我们才会说"遇到了特别讨厌的事情"。因为对方想听，所以我们才继续话题，如果对方一脸不感兴趣就会打住。

吉本：原来如此。

河合：我们得随时等待让对方得以继续话题。这样大家就能说出平时说不出的事情了。所以第一次来的人经常会说"我刚开始完全没打算说这些事的，结果全说了"。

吉本：不知不觉就说出来了。

河合：积压在那个人心里的巨大压力突然一下就释放了。平时那种东西都被极力压制不说出口。

吉本：在日常生活中无法释放。

河合：我们提问的话，对方会把平时不说的东西说出来。但如果总是这样做，反而会给大家造成困扰。日常是按照日常的标准运行的。不过，日常谈话中我也基本上扮演着聆听者的角色。

吉本：在销售培训会上不是经常出现"教你这种技巧"之类的训练嘛。那种东西有用吗？

河合：基本没什么用。

吉本：有点临阵磨枪的感觉？

河合：嗯。或者说，人与人相遇这件事本身会产生意料不到的东西。

吉本：也是。

河合：所以想着临时去学什么技巧是绝对没用的，不系统地接受训练是不行的。

吉本："不论是销售还是恋爱，只要这样做就能掌握对方的心理"这种简单的说法是不成立的吧？

河合：这种啊，了解一下就知道其中的不同了。如果一个人真的意识到自己是在与人对话，那就会产生去聆听的心情。但大部分人只会想着去表达自己，释放自己。

吉本：人的心理真的会积压这么多东西吗？

河合：这个啊。因为活着这件事终究是很艰难啊。尤其是现代，积压得更多。比如，就算有人语气愉快地说"我去巴黎了"，在从东京到去巴黎这段时间说不定就积压了好多东西。真的很想跳着滑稽舞唱歌来排遣，但却不能这样做。各种各样的压力特别多。

吉本：无法随心所欲。

河合：所以大家都在为了能做喜欢的事情而拼命积压着。所谓现代就是这种东西。我经常说"社会越是发达，我的工作就越繁忙"。

吉本：确实啊。

河合：大家都在没有意识的情况下带着积压的东西去旅行。虽然一脸自豪地说着"我去了巴黎噢，特别棒"，心里却觉得"无聊死了""好烦躁""好累"。真心话说不出口。因为朋友们也一个劲地说"真棒啊""很漂亮吧"。这样积压着的东西就始终无法宣泄。始终得不到宣泄的东西就逐渐积压起来了。人类在各种各样的地方重复着这种勉强自己的行为，不停地积压着大量情绪。而且还因为医学发达延长了寿命。（笑）活着的方式，周围的环境都很艰难。越是在各个方面获得进步，就越是有压力。

吉本：啊……从这个意义上来说，"还是过去好"这句话就不是谎话，比较能理解了。

河合：对，比较能理解了。现在，把心里的"浑蛋"二字原封不动喊出来的人，基本上没有了。

吉本：是啊。人类的肉体明明没有多少变化。

河合：人类最自然的表达恐怕就是骂上一句"浑蛋"吧，但现在基本上都是先说"哎呀，没关系"或者"您的心情我非常理解"，回家却狠踢墙壁。不过，要是能踢也行，有的人是连踢都不踢。

吉本：深深地积压起来了。

河合：甚至都不知道自己的压力已经堆积起来了。甚至还以为自己得了胃溃疡什么的。所以，我们作为家人一样的存在，是非常有用的。对家人说"谁谁谁就是个白痴"也没关系，家人会回答"对，特别白痴"。反正又不会登上报纸。没有这种机制是不行的，因为这种压力会积压。

吉本：这样啊。但是我一般不太这样跟人说。只是一旦决定说了也倒是会坦率说出来。小说里也大体没有那种情节。

河合：在学校感到格格不入的时候，也不说？

吉本：我倒是想去见见那个不去学校的自己。也不是说那样的自己会有多了不起，但跟现在的状态是不同的。对我来说，学校这个地方当然得去，但总很紧张，很害怕。害怕到觉得自己是不是得了精神病。

河合：当时这种心情完全没告诉任何人吗？

吉本："很难受"这种表达可能是有的，但没说过"不想上学"，因为我没意识到是这个问题。

河合："对谈"跟"对话"之间有微妙的区别,有一半是把它当作商品在做。(笑)如果对方是无趣的人,那是不会做的。觉得对方无趣就会很巧妙地拒绝掉。而且,如果看过我的对谈集就会知道,我也多半是在当倾听者。但是跟吉本小姐对谈的时候却说得特别多。挺有趣的。

吉本：那如果我努力不说话的话……我是经常说句"嗯"就没下文的。(笑)"嗯""是"这种。经常被说"整理录音的时候,吉本小姐除了'嗯''是啊',就没别的话了"。因为这个也在努力练习说话。

河合：我也经常只说"是""原来如此"。妻子也经常说我。还说"你就是靠着'原来如此'赚钱的啊"。(笑)

吉本：哈哈。(笑)好严厉啊。那我以后也切换成"原来如此派"吧。不过,这样一来,我们的对谈就变成只有"原来如此""原来如此""是""原来如此"了。

河合：两个人一起。

吉本：两个人合作。

河合：称为"原来如此的对话"。(笑)对吉本小姐来说,口头语言和书面语言是两回事吗?

吉本：……大部分时候,口头语言会有一种不足。怎么说呢,我基本上不会对面对面的人产生厌恶感。但就算面对面的时候确实很喜欢这个人，最终也会因为思考方式不同而分道扬镳，经常出现这种情况。所以我总觉得"现实"有某种不足。所以也希望能写出口头语言的不足。人类在生存之中，有很多想去表达却很难宣之于口的东西。比如面对面说"那时候您对我那么亲切，让我备感欣喜"会很奇怪。觉得这些东西写成小说会比较恰当，也确实写过。这应该是最大的不同吧。

我的真名是真秀子，大学的朋友经常说"真秀子说话像在写信"。（笑）总是说些类似于"今日，万分感谢"的话，像"那么，路上请小心"这样，每个字都说得很清楚，所以经常被说"像在写信"。有时候也会觉得口语多少被书面语影响了。

河合：我的文字跟口语很接近，像说话一样在写东西。

吉本：确实。

河合：因为我从来没有拼命打磨过文笔。文笔到底应该是什么呢？我其实对文笔本身没有什么意识。写的时候一口气写够需要的字数，然后结束。

吉本：（笑）

河合：演讲也是。

吉本：能做到这样非常厉害。（笑）

河合：不是不是，真要认真对待的话，重读的时候会觉得全是需要修改的地方。但是我怕麻烦。或者怎么说呢，文笔不是我的武器，我是靠内容吧。而且我毕竟是理科生，理科是不需要文笔的。内容是否可靠，有多少实用性比较重要。这种思维根深蒂固，考虑文笔什么的反倒奇怪。重要的是有没有把内容准确地表达出来，而且会虚张声势地说"文笔这种东西完全没有什么用"。现在我当然觉得文笔是有用的。但当时完全不这么想。想写的东西一口气写到需要的字数就结束。

吉本：这样啊……确实很符合您的作风。

河合：而且确实认真推敲过的文章，却会被说"变得一点都不好玩儿了"。（笑）因为我光是想一想要润色文章都会失去干劲。只要一想到还需要再看一遍，就泄气了。我会觉得"一次搞定不好吗？干吗还要做这种无聊的事啊"！

吉本：我的话，因为写的都是从自己内部涌出的东西，不存在被他人逼迫的情况，所以不存在一个结束的点。虽然我也在说话，但写的都是没有被外力逼迫的东西，渐渐就形成了现在的风格。说极端一点，一句话也不说，光是看着大家的样子把它们写下来的方法比较适合我。（笑）但人类又无法这么极端，每天都要生活。所以感冒到不能发出声音的时候特别幸福。

河合：（笑）我不当聆听者的时候就总是讲笑话。（笑）最喜欢开玩笑。

吉本：玩笑话确实很让人开心啊。（笑）

河合：真的特别喜欢玩笑话，有了它连药都不需要了。

吉本：真好。

河合：那种时候特别有精神，会一个劲说话。自己都觉得自己很擅长讲玩笑话。以前还说"到了七十岁，要拿着一把扇子满日本演讲"。现在是没这个打算了，但是有次遇到诗人谷川俊太郎[1]，谷川先生说"河合老师以前说过要拿着一把扇子周游日本吧。我看不是一把，应该是两把才对"。问他为什么，结果回答"sense和nonsense[2]嘛"。

吉本：好厉害！（笑）

河合：接着我说"那就带着sense和nonsense周游吧，这就是日本说书人了"。这次换谷川先生问"为什么"了。我就一边说着"日本说书人"，一边精彩地"啪"地打开扇子"解析奥义（扇子）[3]"。

吉本：哇。（笑）居然能发挥成这样，感觉谁都阻止不了。胡乱搭配嘛。（笑）

河合：一说到这类话题就会一直持续下去。（笑）笑话永不停息。

---

1 谷川俊太郎，1931年生于东京，日本当代著名诗人、剧作家、翻译家。父亲谷川彻三是日本当代著名哲学家和文艺理论家。二十一岁（1952年6月）出版了处女诗集《二十亿光年的孤独》，并以此诗集被称为昭和时期的宇宙诗人。
2 在日语中"扇子"的读音和"sense"一样。
3 在日语中，汉字"日本"与"二本"，"奥义"与"扇"的读音相同，是利用谐音完成的笑话。

小说拥有的力量

吉本：做心理咨询的时候，您会给咨询者推荐小说吗？

河合：这个要特别慎重。"请去做什么什么"这种话是被禁止的。如果我说"看看这本书，怎么样"，对方就会觉得非读不可。觉得"不读完就不能再来"的人也有，想着"没做医生布置的作业"。所以，我基本上不会这么做，非常少。倒是会给担任治疗者的人推荐，会跟治疗中心和治疗医师推荐，比如"可以读一下《甘露》[1]"这样。但对咨询者要非常慎重。

吉本：如果去哪里的时候别人递过来一本《甘露》说"读一下这个"，我应该会很讨厌。

河合：对，讨厌这种推荐的人也有。但是这里面也有有趣的事情。咨询人来了我这里嘛，我自然要询问"怎么了"，结果对方竟然说"我变得和《人间失格》的主人公一样了"。结果就因为这个偶然读了这本小说。早上也是《人间失格》，下午也是《人间失格》。（笑）遇到这种情况，肯定要读的嘛。

---

1 吉本芭娜娜1994年出版的小说。

吉本：那确实。

河合：咨询者提到的书虽然不可能全读，但上面那种情况我会读。还有就是咨询者是青春期的孩子时，我就会更多地去读、去看对方提到的东西。要理解青春期的孩子，是非常难的。如果对方说"我喜欢这样的音乐"，我就会去听听看。如果是大人的话我就会问"喜欢它的什么地方呢"，然后把话题继续下去。自己主动去推荐的情况真的很少。因为我自己本身其实不怎么看书。喜欢的作家当然会看，但谈不上有多喜欢看书。这么说来，这说不定是个不怎么需要读书的职业啊。（笑）

吉本：我的也是。（笑）

河合：没有时间读吧。小时候确实很喜欢，但现在时间太少了。

吉本：读书这件事，不抱着某种觉悟是没法开始的。但唯有铅字具有治愈能力，这点是肯定的。

河合：对。

吉本：旅行的时候经常觉得"这本书就像我的朋友"，哪怕是很无聊的书。尤其是在没有日语的环境下，人会渴望日语。感觉语言可以渗透进身体。会觉得书很亲近，哪怕很重都想带着书一起走。

河合：对对。我也是，旅行的时候无法忍受完全没有书或者没有古典乐。哪怕是酒店的背景乐都行。

吉本：您对我的小说是什么印象？

河合：除了普通人所说的"温柔"，应该还有些更加深层的东西。吉本小姐的小说把这种东西写出来了。很多人不明白这一点，我曾用吉本小姐的小说作为例子做过说明，是对咨询医师说明。即使是咨询医师，也有很多人不懂这一点。这样很容易解释给他们。小说这种东西，是有血肉的，所以容易理解，不是只有理论。我会一边读一边做说明，真的很有用。尤其是关于青少年的深层心理，一般的小说没有写出来。

吉本：最近，我终于能把想的东西写出来了。

河合：虽然读小说的人里也有很多人能了解那种感觉，但他们很难用语言把自己心中那些混沌不清的东西表达出来。他们只是知道心里有什么，被大人说了也只来一句"根本不是"。能把这个写出来特别好。读者看的时候觉得"就是它"。

吉本：我对大人的事并不了解，但对青春期和青春期孩子们的焦虑总抱着一种责任。

河合：所以你能用语言写出来，大家就会去读。大家的青春期都是那样的，日常生活和非日常生活互相混杂，不知道界限在哪里。要说日常也挺日常，但要说非日常又极其非日常。这种状态只要稍微出现一点摇晃，就有问题了。比如有很多母亲跟我说"我一句话都没说就被孩子打了""什么事都没有就生气"。孩子会对母亲发火，乱生气什么的。从日常的观点看，父母只是打开门说"吃饭咯"而已，但孩子会觉得被入侵了。为了抵挡这种入侵就得付诸暴力，父母不明白这一点。而孩子这一方也会因为打了父母而自责，觉得"怎么能做这种事"。

吉本：只是父母稍微进来一下，自己就出手。

河合：自己也搞不明白。

吉本：这就是青春的心理吧。

河合：能把这种东西写出来我觉得非常重要。以前的青春激浪和风暴都是一种流于表面的肤浅层次的东西。能突破它写出更深层东西的人，是非常少的。

前段时间，有个"日荷交流四百年"的活动。大家聚在一起聊天的时候提到了贝多芬的序曲《艾格蒙特》[1]。艾格蒙特伯爵是荷兰人。因为提到了，所以找了歌德《艾格蒙特》的剧本来读。内容是关于恋爱的，贵族艾格蒙特爱上了平民少女克拉勒。虽然那时候贵族和平民不能恋爱，但是艾格蒙特还是喜欢上了对方。后来艾格蒙特掀起了西班牙独立的运动，发生了悲剧。有趣的是，历史上确实有一个艾格蒙特伯爵，也确实掀起了西班牙独立的运动并造成了悲剧，却不存在一个叫克拉勒的少女。现实中的艾格蒙特伯爵结了婚而且有很多孩子，

---

[1] 德国作曲家贝多芬在1809年10月到1810年6月期间为歌德所著的同名戏剧所作的序曲及配乐，在1810年的6月15日首次公演，作品的主题是历史和艾格蒙特伯爵的英雄主义。

歌德却把他设定成单身，写出了跟克拉勒的恋爱故事。评论家都说"无端地加入恋爱元素很奇怪"，我却觉得正是这个元素的存在，才让故事变得精彩。

吉本：嗯。

河合：克拉勒是个与他身份不对等，按道理完全不会爱上的人。但克拉勒的出现，燃起了他"为了平民"这样非现实的火焰。正因为描写了这样的恋爱，所以才有意义。但是当时其实并没有这样的恋爱。大家都太看重"现实"了。恋爱纵使有很多形态，也难逃时代的潮流。

吉本：恋爱的形态……

河合：因为歌德的时代，流行的正是这种恋爱。大家都觉得恋爱就该是那样。不可思议吧。人们也相信只要结婚就会幸福。其实根本就不幸福。（笑）

吉本：（笑）现实也是分古今东西的。

河合：不过，现在的人倒是对结了婚也不会幸福感受很深。

吉本：是啊。

河合：所以现在尽是这样的话题。不过，歌德描写的那种恋爱现在也依然有效。恋爱就是拥有这么多种可能，这么有趣。果然还是随着时代的潮流在变化吧。比如近松[1]的时代就是流行殉情吧。

吉本：对。当时估计挺流行殉情的，认为终极的恋爱形式就是殉情。

河合：好可惜。像现在一样自由的话，就会有各种各样的可能了。

吉本：到现在这个时代才能自己决定吧。以前如果不是父母决定的对象就不行。因为现在是个人与个人恋爱的时代，我真的希望大家能抱有更多的梦想与希望。

河合：结果现在又朝别的方向发展了。可能现在也有一部分年轻人在经受着艾格蒙特和克拉勒这样的事，但因为讲出来觉得不好意思就不讲。你觉得呢？

吉本：搞不懂呢。不过年轻人还是很单纯的，像小学生一样，感觉心理年龄都得减个十岁。

河合：（笑）原来是这样。

吉本：但是身体却是大人的，有点分裂。

河合：这样啊。确实有这感觉。

吉本：但心态是小学生。所以就好像以小学男生喜欢上了小学女生的感觉，在现实里拥有了深入的肉体关系。

河合：而且，以前初中都是男女分校。在分开成长以后，"啪"

---

[1] 近松门左卫门（1653—1725），日本江户时代前期剧作家。主要作品为《人形净琉璃》、歌舞伎剧本，剧中多出现男女殉情的场景。

地突然在一起的状态。现在则是一直在一起,总能微妙地感受到现实,让事情变得更复杂。有没有这个问题呢?

吉本:也有。看电视的时候觉得非常震惊,小学就有性经验的人居然有两成。

河合:啊?

吉本:所以是以大人的身体和幼儿的心理在恋爱。很早就有了那样的体验,也难怪会逐渐丧失梦想与希望。

河合:是啊。生活要说有趣也很有趣,要说艰难也很艰难。

吉本:越来越难了。以前的人,跟父母指定的那个对象在结婚之前是不能见面的。因为这个反倒拥有很多期待、不安、痛苦甚至想放弃的心情,但自己都可以控制。小学就和谁交往了的话,之后的人生就没有梦想和希望了。觉得现在这个时代真的非常惊人。如果每个人都减十岁,四十岁也还在适婚年龄,范围一下变大了。

河合:对。但生育的年龄又是有界限的,这就是复杂的地方。

吉本:问题就是这个吧。但是自己成熟了以后想要孩子了,四十八岁也是有可能的。

河合:在美国四十岁生育的例子增加了很多。

吉本:所以这个就交给医疗、医学和科学技术的发展吧……因为觉得现在大家都得减个十岁。体力其实也要减个十岁。

河合:我身边确实有这样的人。以前没有成熟的时候,处在社会整体的机能中，为了发挥自己的功能而结婚。现在这种机制被撤销了，大家都变成了独立的个人。这其实也很辛苦。

吉本：我这一代人还多少有传宗接代的思想，现在的年轻人是绝对没有这种观念的，这就变得很有趣了。

河合：人类其实没有那么坚强。如果不是很坚定的人，独自去拼搏是很艰难的。一般来说如果做不了，还会有家人或者什么来保护自己。一边说着"烦死了"，一边被保护着。但现在这些全都被撤除了。

吉本：当这些保护真的全部消失的时候，或许大家会变得孤独，变得沉重。这里面所蕴含的力量也是惊人的，关于人想隶属于哪里或者连接到哪里。

河合：所以说，比如读吉本小姐小说的人就有很多，要向这样的人传递信息。因为大家其实都拥有很多想法。

吉本：总之，怎么说呢，自己并不是一个怪人，自己的价值观并没有什么奇怪的地方，也并没有对人类的发展有什么恶意的想法，我一直想通过小说告诉人们"这里有认真的人"。哪怕是很微小的力量，类似"风吹过的时候树木会摇曳"这种小事能让人类的感情变得如何丰富。我总是写这样的东西，一直积累着这样的东西，告诉人们这些是好的。

如果思考人类降生的意义是什么，我觉得就是要以某种形态参与到社会中。所谓参与社会就是去帮助他人，不论以何种方式。对我来说就是用小说。不论是什么样的工作都要表达对社会、对自己降生于世这件事的爱。不论是做什么工作的人都是，主妇也好。从这个意义上说，我的工作是写小说，只有这个。如果只是自己喜欢的话那在家里写写就好，我要写的不是这种小说，我是要给别人看的，所以还是想写对别人有用的东西。哪怕只是稍微让人心情舒畅都可以，毕竟我怀着"想写对别人有用的东西"这种心情。

只能如此

河合：在某个杂志的采访中，吉本小姐说过"我是为了阻止自杀而写书的"吧。

吉本：虽然说是阻止，自己也知道是无法永远阻止的，大概只能阻止两小时吧。想写出这种小说，能让人感到"读这本书的时间里，稍微忘记了一会儿死这件事，今天还是先睡吧"。如果读完了以后，还残留着"好烦躁，好想去死啊"这种心情，那就没有意义了。我想让大家挤入"这一瞬间忘记了"的那个缝隙里去。如果不断积累这种"两小时"，最后得以阻止自杀那就是成功了。河合老师的工作不是一瞬间，而是整日都在物理性地阻止自杀。

河合：但是站在"要去阻止"的立场上是不行的。对方是来跟你说"我想自杀"的,你要从"想自杀"开始去交谈。但是人们却不会这样开始交谈,听到对方说"我想自杀"立马就说"不要啊"。这样对话是无法开始的。

吉本:一百万人里应该有一百万人会这样说吧。

河合:我们一路听着"想自杀"的人们的倾诉,在到达"想死"这个最后阶段以前的所有倾诉。一般来说,专门说出"我想去死"这句话的人并不是单纯地要去死。真的想一死了之的人多半是不会说的。所以说出"想去死"这句话的人,总是还想表达额外的含义。"我想去死"是一句非常强烈的话。但是活下来的人回想当时会说,"当时只有'想死'这句话可以表达自己'想活下去'的心情"。

吉本:确实。

河合:自己怎么可能说出"我想活下去"呢。肯定会被回应"这样啊,那加油啊"这种话吧。(笑)如果能察觉出这层意思,就知道虽然对方想说"活着这件事是多么艰难,多么辛苦啊,归根结底还是死了的人轻松",最终却只能说出"我想去死"而已。

吉本:如果我真的想写廉价的东西,那就写"给现在想自杀的人"之类的小说就行了。但并不是这样,我想让他们进入完全不同的世界。虽然是连自杀的"自"都没出现的小说,但他们只用花两小时读这本书,就会在一瞬间觉得"奇怪,自己好像不一样了,心情变了"。只要能做到这样就好。

河合：对想死的人来说,世界是非常狭小的。

吉本：思绪完全无法思考别的东西,听音乐也好,看电视也好,与人会面也好,满脑子都是"不行了、不行了、不行了"。这种时候哪怕觉得"这个有点好笑啊""刚才那个还挺美的"都行。也不是通气孔,该怎么说呢,总之就是想达到这样的效果。

河合：读了吉本小姐的作品,能感到"痛苦的不光是自己",这点很重要。

吉本：啊,原来大家都有这种时候。

河合：很多人会觉得"只有我在受苦,其他人都很顺利",读了小说能明白"原来这里也有啊,原来这样的人很多啊,那里也有"就好。能想到这就已经很不一样了。你能写出让人觉得"原来跟自己一样啊,甚至还有比自己还痛苦的人"的小说,这就是技巧。做不到这样是不行的。原封不动地写上"比你痛苦的人多的是"可不行。规整地写上"好好活着啊"一点意义都没有。

吉本：那真的是流于表面的东西。我希望真的能挠到那些发痒的部位,但是非常难。完全按照自己的步调写就有点太自娱自乐了……这中间有一条微妙的界限。但是我一生都会努力追寻它。

河合：确实是这样。我们也会这样去思考跟自己会面的人,画上了一条微妙的线,但稍微松懈一下就失败了。

吉本：正常前进的时候莫名其妙就失败了。可能还是得信任自己。自己信任自己的时候，对方可能就会信任自己了。

河合：最近我去拜访了美国的原住民纳瓦霍人。有个人吹笛子，其实他是巫师。他说Honesty=谦虚、Believe in Myself=相信自己，是成为巫师的条件。我觉得特别准确。

吉本：是。

河合：首先是谦虚，然后是相信自己。我特别赞成这两样缺一不可，这对我们也是共通的。如果偏向"Believe in Myself"（相信自己）就会陷入傲慢，偏向"谦虚"又会太没自信。

吉本：确实。这两者能相互协作、并行不悖就好了。

河合：这个平衡很难掌握。虽然说起来很简单。

吉本："自己没问题"像在说谎，"自己不行"也像在说谎。太难了。不过文字也是这样的。

河合：写小说的时候这两者的平衡也很必要吧。而且人类本身也得生活在这之间。

吉本：小说整体也是一个生物，无法强制地掌控。

河合：不是完全由智力去创作的。

吉本：写小说是一种把混沌不清、生存着的东西赋予形态的工作，是一种手工艺，感觉像是如何把混沌不清的生物囊括到小说这个容器中。摆弄过了头对方就会死掉，拿出来的东西就是死掉的没有生命的，特别难。如何在保留住生命力的同时，把这些东西放进小说。

就是现在，我也有失败的时候。

河合：那有过中途放弃的例子吗？

吉本：会先把它搁置一会儿，像在说"稍微休息一下吧"。这样一来对方就会复活。要紧紧抓住刚刚复苏的那一瞬间，好好地利用。这种感觉很强烈。对方本身是活物，而不是我创造的。"糟了，死掉了"，那就果断扔掉，而当对方在垃圾桶里复苏的时候，再重新捡起来。

河合：那也会有对方自顾自地运行，自己被牵着走的情况吗？在自己整理的过程中。

吉本：我觉得这跟赛马很像，不到终点都会焦虑。"莫名其妙要走到哪里去啊，已经不是我的小说了"之类的感觉。不用自己的方法限制住也是不行的。

河合：是有趣的工作吗？

吉本：痛苦的时候比较多。而且，决心去做的原因其实是，除此之外别无所长。毕竟大家都在做着某项工作，所以想说我也得做点什么工作，后来发觉只会这个。

河合：我也是，只会这个。因为只会这个，所以也没有办法。不过我们这项工作不太好理解。吉本小姐是作家吧。如果是运动员的话那就是运动咯。但我们这一行虽然是个帮助人的职业，但刚入行的人里很多都不知道自己的职业内容是什么。

吉本：啊？

河合：就像我原本是学数学的一样，有很多人最初从事的并不是这行。因为"文化认同"理论[1]而闻名的埃里克森[2]其实是画家。

吉本：原来是这样！

河合：我以前待过的荣格研究所也是，从一开始就从事心理学的人其实很少。帮助人们做什么，这种职业稍微有点难以理解吧。

吉本：荣格研究所在哪里呢？

河合：现在全世界都有，最早是在苏黎世。后来协会扩展到纽约、圣弗朗西斯科，但最初是在苏黎世。其实荣格很犹豫要不要建立荣格研究所，觉得是不是不要设立比较好。

吉本：这么说来，不是有本《那么阴暗的自传我才没读过》的阴暗自传吗？（笑）

河合：他想要建立那种死板的东西吗？考虑到可能会不理想之类的就很犹豫，但最后还是建了。可能是抵触过的，也很能理解。对作家来说，作家学校就很奇怪。

吉本：不过，美国有很多吧。

河合：美国吗，不知道哎……

吉本：而且意外地出过很好的作家，真的搞不懂。

---

[1] 德裔美籍心理学者埃里克森倡导的精神分析概念。

[2] 爱利克·霍姆伯格·埃里克森（德语：Erik Homburger Erikson，1902年6月15日—1994年5月12日），德裔美籍发展心理学家与心理分析学者，以其心理社会发展理论著称，创造了术语认同危机（identity crisis）。

河合：但也不是说从那里出来的人都很会写吧。

吉本：荣格为什么犹豫呢？

河合：还是因为人跟人不一样吧。研究所的话会有固定的形式。

吉本：这样啊。觉得有点不可思议。

河合：本来应该是每个人以不同的形式来做。到现在荣格研究所的规则还是很少。而且就算里面的人破坏了规则，很努力地去冲破也会被承认。在论战的时候很努力的话，很努力地陈述"我觉得不对"，那大家也会觉得"嗯，可以认同这家伙"。我觉得这点很好。

吉本：其实我一直对这种东西能不能教授抱有疑问啊。

河合：还是个人对个人，一对一的形式。从根本上来说的话，是正面意义上的师徒制。

吉本：果然还是这样啊。

河合：去了以后先找自己的师父，找老师。这是第一步。在这个阶段如果觉得厌烦那就放弃，然后再找。我的话是一下就找到了适合的。如果没有遇到那位老师，不会这么顺利。那种一对一的关系是最基本的，每周都要见面。每周都要面谈，对方也不觉得勉强。多的时候，每周见两次三次的情况都有。

吉本：这么一路磨炼过来的……

河合：彻底被磨炼一番。

吉本：原来这个领域有这种事啊。

河合：吉本小姐读过心理学方面的书吗？

吉本：只读过一点……

河合：读心理学的书然后想从中得到启示绝对没戏。

吉本：绝对没戏……（笑）这么严重吗？

河合：很蹩脚地去迎合上面的说法是没用的。创作是要突破。读多少没有关系，读了然后突破它，再读，再突破。理论先行的话，会陷入程式化。

吉本：是呢。就像是死了一样。

河合：对，在走向死亡。

吉本：要抓住生机非常难。

河合：真的。

吉本：十次里有一次能成功吧。

河合：而且，成功的时候想着"抓住了"的话，就又死了。

吉本：还有事后看穿到底是不是还有生机也很难。当时还活得好好的，下一秒却意外地瘫倒了之类。这种直觉，就算是已经十年了，也还是掌握不了。所以有时候会想如果有那种"这种时候这样做就行"的方程式就好了。

河合：世界上确实没有那么绝对的事情。

吉本：自己能做的只有调整状态、磨炼技巧，达到"这样就有资格了"的地步。是很严苛的职业，但很快乐。能去抓住生机是很快乐的。只是把我脑袋里的空想写出来任谁都不会觉得有趣。必须一起沉入所有人都共同拥有的深刻中。用这样的方式跟大家相遇很快乐。也许也能跟河合老师相遇,作为写作的伙伴,到目前为止写过的人都会相遇。无数人潜藏在深处,我觉得那是人类共通的地方。到哪里去,跟大家相遇是非常快乐的事。意识到"啊,这里是谁之前走过的路"是很快乐的。不论是如何艰辛的道路都无所谓了。去了以后发现"这里不是一个人,大家人来人往"。虽然我说得很抽象,但因为这样所以能下决心践行,会觉得"我并不是一个人"。

河合:能稍微具体说一下在那里遇到的东西吗?

吉本:小说的中心,生命力。偶然沉入其中,将小说组织起来的东西。感觉跨越了阻挡自己顺利前行的壁垒。体味到这种感觉的时候,就跟自己在工作上尊敬的人,跟大家相遇了,超越了时空。但到达那里之前,每次都跟痛苦相伴。会看到自己厌恶的东西,也会看到得过且过的自己。而且到达的方式并不一定,每次都有微妙的不同。想着"上次这样做来着,这次也这样吧"是不行的,规律性地一年去一次这种也不行。很难。凭借一个标题就能找到入口的时候也有,苦苦寻觅一周也无从进入的时候也有,睡一觉以后就找到的时候也有。怎么说呢,情况繁杂。但正因为到达那里的方法并不固定,所以大家都很辛苦……与其说辛苦,不如说把一切交付给命运的感觉……

河合:嗯。会害怕,总是不敢交给命运。连要交出去的想法都在

那里被捏住了。（笑）

吉本：多少想依靠自己的力量。（笑）

河合：我们的工作也差不多。但还是做不到交付给命运。

吉本：不论怎样总会想着"我啊、我啊"，毕竟是人类，总会有这种想法。但最终还是想写不知道由谁写出来的东西。我不是想被说"这不是吉本小姐的文风"，而是故事真的很好，但却不知道像谁写的。想写这种东西，像是刻在山里石头上的故事，"没有题目，没有作者"的感觉。

没有终点的道路

河合：说到整天"我啊、我啊"这种感觉，之前也提到过，现在太过廉价地使用"自我实现"这个词了。其实大家都没怎么实现不是嘛。（笑）

吉本：而且，只有自己实现也没有什么意义……

河合：更开放地去思考"自我"这个概念，就会发现并不是指一个人。"寻找自我"就是"探索世界"，并不是去寻找跟"自己"匹配的东西。就像吉本小姐说的，去了更深的地方，大家自然都会在。"一个人"是无法存续的。在浅薄的层面上死板地做些自己喜欢的事

情，没必要谈什么"自我实现"，只不过是"俺做喜欢的事情啦"[1]而已。（笑）

吉本：俺做喜欢的事情啦。（笑）

河合：既然说了"自我实现"这样的话，那就得拼上性命，可能还很有危险性。

吉本：大家应该还都很年轻。二十五岁的话，心理年龄要减上十岁，相当于十五岁。十五岁是会说出"寻找自己"这种话的。

河合：对。所以要命名的话应该是"第一次寻找自我"。就像"第一次所罗门海战"那种，以前不是有吗。（笑）因为后来还会有好多次。我经常会举一个例子，比如会有人说"我了解洛杉矶啊，有去过"，其实只不过是去过而已。洛杉矶的某处可能藏着很恐怖的东西，某个拐角可能有特别的店。所以"我了解洛杉矶"这本身是不可能的。本来是不可能的事，但"了解"这个词却会让我们安心。寻找自我也是同样，如果真的要去探索，会发现很多莫名其妙的部分，会很丰富，但是却能说出口"了解了"。会说"我啊，我这个人啊，现在是大学老师"。这其实就是"我了解洛杉矶"这种程度的话。可一开始其实并不会达到危险的地方。

吉本：而且还是几个人结伴。

---

[1] 故意用了关西腔的表达。

河合：有时候也有一开始就到达危险境地的人。那种人就有可能患上精神疾病。

吉本：这类人不是按照顺序前进，而是"啪"的一下撞进去。

河合：对对。跟大家说"其实洛杉矶是这样的"，也不会有人信。（笑）大家会回答"怎么回事""不是挺好玩儿的"。对方说"别乱说啊"，自己就回答"没有乱说啊，我看到了"。说的当然不是谎话，或许那应该被称作"悟性"。

吉本：肯定有过很多次。

河合：我觉得不存在"我已经完全觉悟了"的情况。

吉本：领悟一次，然后在这基础上再去领悟。

河合：知道"日本以外，有一个叫洛杉矶的地方"，或许就是"第一次觉悟"。我自己也不清楚，因为没有亲自经验过。不过有时候会见到一些依靠悟性的人。

吉本：会想"是不是悟到了啊"的人其实还没觉悟吧。

河合：如果跟觉悟了的人说"怎么连这种事都知道"……

吉本：对方会说"我悟到的"。

河合：而且他会生气，说"没有经验的人是不会懂的"。

吉本：这跟"会说英语"很像啊。（笑）会说是会到什么程度呢？如果是"说得跟美国人一样"，那应该可以说是悟到了吧。但是美国人真的很会说英语吗？说不定不是，这就需要像刚才说的，再去攀登更广阔的阶梯了。

河合：对对。但这跟写东西卖钱又是另一回事了。

吉本：人生是没有尽头的，有趣的事情特别多。

河合：真的是没有尽头。知道自己到哪种程度的时候，就是临死的瞬间吧。临死的时候一切都清楚明白了。那一瞬间，五秒、十秒之间。好想早点知道那五秒里能知道的东西啊。（笑）最后总结一下然后就得死，那还是稍微早点知道一会儿比较有趣。所以，就算是二十几岁就死了的人，应该也好好得经历过那一瞬间吧，应该有好好体验那最后的一秒。所以所谓"修行"应该就是虽然并没有面对死亡，但却把自己置于类似的境况下的做法。

吉本：这样应该就能看到前所未见的东西。

河合：嗯，是这样。虽然很健康，但却把自己置于那样的境况，所以很有趣。吉本小姐的小说里不是有"在某年某月会死"（《最后的一天》，收于《不伦与南美》）吗？

吉本：嗯。

河合：那个就很像。被告知"会死"以后就能看到某些东西了……

吉本：有变化然后就能看到，感觉蛮划算的嘛。（笑）

河合：能看到的东西起了变化呢。这种事是有的，突然一下子被告知"会死"的人，他们随意看到的风景都会完全不同。我们如果一直看着那种风景是会受不了的。

吉本：去经历那么激烈的顿悟世界……

河合：如果能刚好看到受得了的程度就好了。

吉本：因为那是性命攸关的最后关头，突然被激活能看到了。

河合：也有偶然看到的时候，吉本小姐的小说里有写到的，突然被告知"你某月某日会死"，突然就能看到某些东西了。但人类还是想活得轻松，在恰好能维持生存的范围里……

吉本：迟钝……

河合：在稍微能显摆一下的程度范围内，获取各种东西愉快地生活。不过艺术的话，或许能看到一些不同的东西，跟大家快乐轻松观看的东西所不同的东西。

吉本：没有谁好谁坏。

河合：我以前写过"吉本小姐的小说是以'丧失'为主题的，所以具有普遍性"。

吉本：或许我的主题是"时间的流逝"。比起"丧失"和"死"，可能更多地在写"明明是不久以前的事却已经回不去了""现在花开得很好却转眼就会凋谢""时晴时雨，最后归于晴朗"。我觉得这些很不可思议，是我从小就很在意的东西。明明活着，却步入死亡。到了现在，还对"流逝"抱有很高的兴趣，觉得自己的主题将永远是这个。不论在描述什么都逃不开这个。

河合：或许故事总是关于事物的流逝吧。

吉本：说到底还是只能困于其中。就像"咔嚓"一下拍成照片，把"如此运动中的东西"……

河合：用稍微唯美一点的词来说"事物的流逝"应该就是"物哀[1]"了吧。

吉本：尤其是日本人，稍微一点变化都能因为微妙的感性察觉到。我觉得这是日本人的优势，如果能写出来就好了。有别于南美的粗粝、直接、广阔，会觉得"好小巧但是好美""即使是盆栽也是树木啊"。（笑）将这种东西独立地收集起来，让全世界的人看到，想传达出"原来日本人的心灵是这样的"。

河合：南美会有俳句吗？（笑）

吉本：我觉得没有，但是有诗歌。在一句"跨越、跨越、跨越"之中就隐藏了无限的深度。这是日本人绝对没有的感觉。虽然很不甘心，但我们确实无法表现那种深邃。俳句的美是轻妙的，不会有尖锐的质地。

河合：土壤与环境绝对是可以塑造文化的。

吉本：所以不太想离开现在住的地方。就算离开了日本，也还想写日本的感性。作家说到底都是些怪人，不是会大声主张"你得这样

---

[1] 由本居宣长在总结日本的美学特征时提出的概念，意指事物的稍纵即逝。

做"的职业。但是把日本自然的微妙感觉写成文字我觉得很重要。不论在哪个国家,作家都是一种用特殊的形式表达特殊的思想并将之贩卖以为生的职业。所以,虽然我并没有要去宣扬日本的优秀,但如果能把外国所没有的很多日式物件写成作品终究是好事。如果有人读了以后产生想来日本的想法我会很高兴。

在日本拥有土地的人,不要随意破坏自然和街道的好。如果有人有这种权利的话。连我这代人都会觉得,比起经济,有能给外国人看的东西比较重要。但是,从这里(京都)到宇治的沿路却全是商店,真让人难过,明明是京都啊。

河合:日本人已经很有钱了,真希望大家能多少关注到钱买不到的趣味。如果真的没有钱,那确实挺想要钱的。但现在在世界范围内算是很有钱了吧。如果大家能开始注意到钱买不到的价值和趣味就好了。我并不是说钱一无是处。

吉本:对,钱确实很重要。而且,之所以会想要更多,正是因为大家心里其实都很讨厌。

我来的时候是坐出租车到东京站的。跟司机说"今天得去出差,一日往返的那种,希望几点儿点到车站"的时候,对方接话说"我是公司倒闭以后来开出租车的,以前我也经常这样一日往返地去出差"。还说自己的身体还记得当时的情景,去了以后吃便当,然后怎样,再怎样,最后喝着威士忌回家,非常累。"当时明明好不容易去了北陆啊，现在觉得如果用上两天带薪假期泡温泉吃美食多好。但当时总觉得不能休息，要让公司变得更好。好浪费啊。反正最后都会变成现在这样。"我简直觉得这是生于现代的日本人在呐喊。对方最后说"如果是现在，我绝对会那样做。当时为什么会觉得不能休息呢"。

河合：如果周围人都是那样，自己也无法改变的。

吉本：如今非常后悔，反正公司都要倒闭的，还不如当时轻松一些。简直是心里话……不过从我们这代人开始，稍微有了些变化。

河合：一点一点在变化，跟过去相比确实是有人正在变化。但是整体的倾向很难突破。

吉本：但是最近有的年轻人胆子很大，就算被骂"你做的什么东西"，也还是会跑去休息。（笑）真的希望社会因为这些人而改变。就算被嫌弃，说了"我回去了"就真的回去了。看到这种情景我就觉得有希望。

河合：让我们期待这种细小的变化吧。

对谈结束之后

河合隼雄：被纯粹性所吸引

和吉本芭娜娜小姐的对谈要出书了。我有很"老古董"的一面，总觉得把对谈集结成书也太会偷懒了，心里很抱歉。所以类似的策划多半都会拒绝，但是读了别人的对谈，居然意外地觉得很有趣。那不是将思想整合之后传达出去，而是在语言的碎片中获得惊喜的线索，于是开始觉得这样做也不错。

那之后确实开始了这样的尝试，但也并不是和谁都可以，拒绝的情况还是占多数。这次的对谈一开始也没有打算出书，因为编辑看了在NHK频道的对谈节目以后热心地提议继续做下去，才有了今天。

我是不怎么读书的人，会去读吉本小姐的书是因为来我这里的咨询者里，经常有人说吉本小姐的作品写出了自己的心情。如果把咨询者提到的书全读了，身体条件是不允许的。所以只读反复被提及或者很有印象的。前段时间太宰治的《人间失格》经常登场，最近的话倒没有在读什么。

我读了吉本小姐的《鸫》（中央公论新社）和《甘露》非常受冲击。现代青年所抱有的深刻烦恼，即使是他们自己也无法顺畅地表达，却在吉本小姐的作品里变成了切实的语言。我无论如何都想跟作者见面，后来就在朝日新闻社《小说tripper》杂志的策划中对谈了。跟想象中一样，吉本小姐非常厉害。如果用一句话来总结，我是被吉本小姐的纯粹性吸引了。这样的人太稀有了。人一旦变得老成就很容易沾染混沌，变得扭曲。我想这份纯粹或许是从吉本小姐的父亲隆明先生那里继承的吧。我有幸与吉本隆明先生对谈过，那种感觉非常相似。

因为残留着那种印象，所以在做NHK对谈的时候，立马就希望能邀请吉本芭娜娜小姐。对我来说真的是非常开心、非常有趣的对谈，但读者们会如何来看待呢？

我从少年时代就明白自己没有艺术和文学的创造才能。因此直到现在，我也觉得大学毕业以后决定一辈子当一名高中老师不见得就是错的。虽然我自己没有才能，却有帮助他人的才能开花结果的能力。仰仗这样的能力，我才能拥有现在的职业而且还出了书。但即便这样，我在艺术和文学领域没有创造性的事实也没有改变。

跟吉本小姐交谈的时候也能感觉到"果然不一样啊"。当然，这其中的有些东西可以通过后天的努力获得，但另外的一些真的是与生俱来的，无法通过后天的努力补上。觉得像我这样的人需要经历千难万险、不断迂回才能到达的地点，对方径直就能轻松到达。我这样的人在对别人进行"解说"时，只是擅长付出辛劳罢了。稍不注意，"解说"就跟"类似真相"的东西捆绑在一起了，其实在不知道的情况下，早已远离了"真相"。"类似真相"的赝品在吉本小姐的纯粹性面前立马就显出了原形，很可怕。

我非常羡慕吉本小姐敏锐的感受能力。可能自己的直觉还不错，但感受能力很低。有趣的是，日本人常常把直觉的敏锐等同于感受能力强。读了吉本小姐和我的对谈，大家就能感觉出我们两人的差别了，虽然一般情况下，我们可能都会被当作感受能力强的人。

现在的日本，不断出现让人意想不到的青少年犯罪，这种青春期的烦恼在持续加深。这是连当事人都不知如何表达的东西。我非常期待吉本小姐能以这些为素材写成小说。通过这些作品，或许能解救很多处在青春期的孩子吧。

我大部分的时间和精力都花在和单独的个体见面和交流过程中了。与此相对，艺术和运动则拥有能一下子影响到很多人的优点。

很期待吉本芭娜娜小姐继续挑战新作品。等它完成的时候，我就可以以此为契机与咨询者会面，也可以写评论，进行很多二次创造了。

吉本芭娜娜：一生的宝藏

以前读村上春树先生和河合隼雄先生的对谈集时，觉得非常惊奇。春树先生第一次展现了跟年龄相符的气质。这里面没有幼稚的意思，虽然绝没有完全依赖于河合老师，却整个打开了心扉。我作为一个粉丝，感受到终于看到了春树先生生活中真实的一面的快乐。

明明想看到别人敞开心扉的样子，到了我自己参与其中时，却觉得太过展现内心是一件羞耻的事，不能随便暴露。结果看到校样的时候，发现书中的自己简直比春树先生有过之而无不及，完全成了一个小孩。

这就是河合老师的魅力和实力吧。

完全抵挡不住，总会敞开心扉，但我不为此而觉得懊悔，反而感到很开心。我因为工作的关系，经历了几次实打实的失眠症和心理疾病，很烦恼，那时候很羡慕能被河合老师这样的人治疗的患者，觉得他们很幸运。现在，上天以这样的方式让我与他相遇，真是太好了。

与河合老师对谈的时候正是我的私生活发生动荡，心中的烦恼跟谁都无法倾诉的痛苦时期。虽然我在对谈的时候对当时的烦恼只字未提，但与河合老师相遇这件事本身就治愈了我。不是一时情绪的治愈，也不是一种逻辑化的治愈，而是觉得只要世界上有他这样的存在，那便是可以信任的。

最初的契机是在NHK电视节目中的对谈。基于把那次对谈集结成书的建议，开始了在京都和东京的对谈。多亏了这项工作，得以享受很多快乐的时光。

这本书的制作能够成型，多亏了负责的小凑先生带有强烈热情的近乎可疑的劝说。他不仅聪明，性格也十分可爱，能让人放松，没有他是不会有这本书的。只要他在那里，就能让人觉得万事都会顺利，不安都能消除。

比起对谈真正的参与者，小凑先生可能用百倍的次数反复读着校稿以把握内容。谢谢您。

河合老师跟很多人都对谈过，出了很多精彩的书。大概很少跟我这样的傻姑娘对谈出书。虽然很遗憾但里面还是有价值的，我那些鲁莽的措辞、不着边际的内容，即使很不好意思也都尽可能没有删减保留下来了。这本书无疑是珍贵的。

我因为太过意气用事不想完全被河合老师掌控，也展现过恶人的一面。即使如此，也还是很难不跟随河合老师。我完全不成熟，功力不足。

但想像尊敬的人那样自由、快乐地活着，这种心情是我永远都想留住的。

说到底想传达给读者的也是这种心情。

封面照片的背景是我朋友外村麻由美的家[1]，是个自己把京都的古商店改造成住处的"野性"朋友。不论拜托麻由美什么她都很干脆，她是个内心纯粹的人，我一直很尊敬她。

因为工作的关系能够拜访作为她作品的这间小屋，我感到很幸福。

河合老师一边翻着放在火盆上的饼，一边说："啊，这座房子好让人怀念，简直跟我情人的房子一样。"我赶紧问："您有情人？"结果先生笑着说："这个情人就是后来结婚的人。"

之后繁忙的河合老师因为离开得太匆忙，加上大雨突然停了而忘记了雨伞。联系之后麻由美送了过去，那把伞上用很小的字写着名字"カワイ"[2]。

看到那把伞的时候我的心被勒紧了，突然觉得个人的人生就蕴藏

---

1 本书日文原版封面。
2 河合的读音。

在这样的事物里吧。在那个小屋里喝茶的时候，河合老师说"在这样的房子里待着让人怀念过去，又让人想和衣睡上一觉"，但紧密的行程却不允许在那里睡上哪怕三个小时。

拥有远大的理想和抱负的人大多处于终日的繁忙中。我祈祷这个地球上有很多很多能让人产生休整心情的地方，等待着河合老师。

这样两个人笑嘻嘻地烤着饼，乐呵呵地边吃边说的回忆，是我一生的宝藏。

文库本后记

吉本芭娜娜

借着出文库本的契机重读这本书，看到那些幼稚的发言真觉得脸红。非常不好意思。

但是傻归傻，直白的心情是好的。我可能会一辈子走在这条幼稚的路上吧。

这条路并没有什么不好，因为偶尔能与河合老师这样优秀的人相遇。那之后河合老师马上就任了文化厅长官，再见面的时候感觉到了政治家的潇洒。原本就是很优秀的人，但以前的优秀是作为医生和教授的优秀，如今则是政治家（并非贬义，而是原本的意义）的潇洒。对啊，为了国家的人就该是这样堂堂正正潇洒模样啊。人终究是外表，外表会将一切展现出来。如此一来，我对自己的幼稚也有了新的发现。

河合老师无论做什么都很帅气。

抱着这样的回忆，我也要努力成为一个帅气的老太婆，走在我自己的幼稚之路上。在这条路上再次遇到河合老师之前，我将一直抱着寻找宝物的心情。

河合隼雄

读了吉本小姐为文库本写的后记，我陷入了沉思。吉本小姐是少有的不说谎的人，所以我那种"政治家的潇洒"又是什么呢？

跟我接触的人，很多都会说"虽然是文化厅长，看起来却是个普通的老爷爷"，我自己也觉得"是吧，就说是这样吧"。读了吉本小姐的文章，我对着镜子——一个三面组合镜——仔细研究了，怎么都无法认同。我觉得这是吉本小姐留给我的难题。但就算这个难题没有解决，我也想再和吉本小姐见面。

激发个人成长

多年以来,千千万万有经验的读者,都会定期查看熊猫君家的最新书目,挑选满足自己成长需求的新书。

读客图书以"激发个人成长"为使命,在以下三个方面为您精选优质图书:

1、精神成长
熊猫君家精彩绝伦的小说文库和人文类图书,帮助你成为永远充满梦想、勇气和爱的人!

2、知识结构成长
熊猫君家的历史类、社科类图书,帮助你了解从宇宙诞生、文明演变直至今日世界之形成的方方面面。

3、工作技能成长
熊猫君家的经管类、家教类图书,指引你更好地工作、更有效率地生活,减少人生中的烦恼。

每一本读客图书都轻松好读,精彩绝伦,充满无穷阅读乐趣!

认准读客熊猫

读客所有图书,在书脊、腰封、封底和前后勒口都有"**读客熊猫**"标志。

两步帮你快速找到读客图书

1、找读客熊猫　　　　　2、找黑白格子

马上扫二维码,关注"**熊猫君**"

和千万读者一起成长吧!